LES QUERELLEURS

ÉDITIONS LA PEUPLADE
339b, rue Racine Est
Chicoutimi (Québec)
Canada G7H 1S8
www.lapeuplade.com

DISTRIBUTION POUR LE CANADA
Diffusion Dimedia

DIFFUSION ET DISTRIBUTION POUR L'EUROPE
CDE-SODIS

ISBN 978-2-924519-72-1

•

Les Éditions La Peuplade reconnaissent l'aide financière du gouvernement du Canada pour ses activités d'édition et remercient le Conseil des arts du Canada, la Société de développement des entreprises culturelles du Québec (SODEC) et le gouvernement du Québec, par l'entremise du Programme de crédit d'impôt pour l'édition de livres du Québec (gestion SODEC), du soutien accordé à son programme de publication.

Financé par le gouvernement du Canada | Canada

LES QUERELLEURS

France Théoret

LA PEUPLADE **ROMAN**

— Lorsque moi j'emploie un mot,
répliqua Heumpty Deumpty d'un ton
de voix quelque peu dédaigneux,
il signifie exactement ce qu'il me plait
qu'il signifie, ni plus, ni moins.
— La question, dit Alice, est de savoir
si vous avez le pouvoir de faire que
les mots signifient autre chose que
ce qu'ils veulent dire.
— La question, riposta Heumpty
Deumpty, est de savoir qui sera
le maître... un point, c'est tout.

– LEWIS CARROLL

PREMIÈRE PARTIE

Ils sont les protagonistes, hommes en conflit. Le plus jeune, l'écrivain, est de grande taille, il a quarante-cinq ans. Le second, l'éditeur, chauve au teint gris, a le visage et le corps minces. Cet homme bouge beaucoup. Lorsqu'on vient à sa rencontre, il s'approche de près, cela gêne l'autre, qui n'est pas aussi expansif.

Ils sont dans la force de l'âge. On les imagine affirmés, sûrs de ce qu'ils représentent. Ils cultivent de grandes certitudes. Leur histoire individuelle est pavée de succès. Ils se sont croisés antérieurement, ils ont échangé. En principe, ils s'estiment mutuellement. Ils ont eu le sentiment de faire l'histoire, d'incarner une part imposante de l'évolution du Québec, la Révolution tranquille. Leur mission est mémorable. Au cours des années 1960, ils ont pensé avoir libéré la société. Ils ont gardé ce sentiment d'avoir un rôle. Leur estime est fondée sur leur faculté de s'écouter à travers ce qui les dépasse, leur surcroît d'être. Ils se flattent mutuellement. Il faut entendre : seul l'aîné rend explicite son admiration, cela fait partie de son approche détendue, il verbalise, avec des phrases bien senties, les mérites de son interlocuteur. Les qualificatifs abondent et débondent.

L'autre reçoit les paroles, croyant que cela lui est dû. Il est supérieur à son aîné. Il le fait savoir par les murmures d'ennui, distillés, que suscitent en lui des phrases jugées superflues. Il souhaite ne pas avoir à se remémorer ses mérites tant ils sont évidents, connus et reconnus.

Victor Gill a téléphoné à son auteur, il a proposé une nouvelle édition de son roman *Le batailleur*. L'éditeur se hâte d'offrir sa nouveauté, une collection de poche dernier cri, supérieure aux autres sur le marché, qui remplira une mission historique, éditer les grandes œuvres de la littérature québécoise. Il n'hésite pas à parler de chef-d'œuvre dans le cas de l'ouvrage en question. Il serait honoré d'avoir l'assentiment de Claude Lanthier. L'écrivain n'a pas l'occasion d'un mot. L'éditeur poursuit son déballage avec la jaquette illustrée, l'appareil critique, le résumé biographique le plus détaillé possible afin de situer l'auteur et une introduction à l'œuvre par un essayiste renommé, une somme d'avantages, à sens unique.

Victor Gill ne soulève pas l'enthousiasme par sa voix et par les mouvements qu'il fait, seul dans son bureau, debout derrière son pupitre où s'étalent documents littéraires et financiers. Le silence persiste. Il se demande si Claude Lanthier a compris la proposition, dit qu'il a l'habitude d'être exhaustif, direct, c'est sa façon de se montrer transparent. Il insiste sur la nécessité de la transparence, n'apprécie pas ceux qu'il qualifie de marchands de tapis, déclarant que lui-même n'a rien à cacher. Il termine son laïus en affirmant son honnêteté foncière.

L'éditeur insiste auprès de l'interlocuteur, demande s'il a compris. Le romancier dit réfléchir, il ne s'attendait pas à entrer dans la collection des classiques. La réédition qui a suivi l'édition originale l'a déçu. S'il consent à une nouvelle parution, celle-ci sera à la hauteur de son œuvre.

Claude Lanthier a rêvé d'un coup de fil pareil à celui qui vient d'avoir lieu. Il s'est juré qu'il obtiendrait un traitement de faveur. Il a déjà énuméré une liste de *desiderata*, a songé à cela maintes fois. L'écrivain se rappelle les fâcheries qu'il entretenait, se livrant à des monologues intérieurs contre l'éditeur. Après tout, il a reçu un accueil critique dithyrambique, il était le cadet d'un groupe littéraire qui prenait la relève de la génération précédente. Il était leur jeune génie, celui qui a publié une œuvre fracassante dans tous les sens du terme. Il a le génie de la langue, le génie de la narration, il est un virtuose du rythme verbal. L'histoire racontée, proprement révolutionnaire, franchit toutes les conventions. L'écrivain s'exprime avec violence, sur la violence, et la reproduit à chaque page du récit. Le héros du roman traduit un continuel instinct de brute, s'extériorise en donnant des coups, se déchaîne, mène des combats irraisonnés et se retrouve face à des conséquences incontrôlables. Le héros venu de nulle part est le mâle aux forces libérées contre l'emprise de la société. Le personnage beau, jeune, séduisant, a une petite amie, sans famille comme lui. Il la bat. Elle part, elle revient, attachée par un fil invisible. Quand le jeune forcené n'a plus rien à faire, il détruit avec fracas les seuls objets de leur chambre louée. La belle fille reste, on ne sait pourquoi elle tente de l'apaiser. L'écrivain présume que les femmes se destinent à l'apaisement de leur homme, une marque d'amour esquissée dans le silence dévoué.

L'œuvre, louangée par les critiques les plus considérés, a inquiété. Il ne fallait pas qu'elle soit enseignée. Claude Lanthier puise une force inconnue à l'idée de défier les institutions. Les blâmes l'ont propulsé au premier rang des contestataires. Le roman, il l'a écrit en moins d'un mois, vingt-cinq ans auparavant. Son succès n'a jamais été remis en question. Il reste l'auteur de ce livre flamboyant.

Au cours des années qui ont suivi la publication, l'école romanesque s'est divisée, et ce qui avait été un regroupement sous la bannière d'une maison d'édition a pris fin. La contre-culture montréalaise a été effervescente. L'écrivain fêté et adulé a fait des rencontres nombreuses. Il a l'idée de voyager, puis décide d'un retour à la terre. Il habite la campagne, à Saint-Ferdinand d'Halifax, étudie la pensée tellurique. Il écrit des livres initiatiques, des ouvrages qui ressemblent à des essais. Il présente ses manuscrits à un éditeur littéraire débutant. La signature prestigieuse permet les publications lisibles et illisibles, destinées à des néophytes et à des initiés. Malgré tout le respect que le nouvel éditeur a pour l'auteur, il lui demande un manuscrit littéraire. Le romancier devient poète. Les critiques saluent son retour à la littérature. Ils rappellent le roman éclatant, la renommée qui perdure, et font le souhait obligeant d'un prochain roman semblable au premier. Le romancier n'est pas tombé dans l'oubli. Il a un public en attente. Il est traité par les médias comme un fils qui prend du recul pour mieux revenir. Certains commentaires situent ce qu'il a d'unique, le talent précoce d'un écrivain venu d'on ne sait où, d'aucun héritage littéraire. L'auteur travaille à un roman, le genre qui lui a réussi. Ses personnages sont sans relief, il n'y a plus d'action, la langue s'est épaissie de phrases vides. Il est publié. La critique cherche à le rassurer, son pouvoir renaît. Un commentateur proclame la renaissance du héros. L'auteur écrit un recueil de poèmes intitulé *Renaissance d'un héros*, aussitôt publié.

La rencontre proposée par Victor Gill a lieu. L'homme chauve au teint gris n'a pas d'autres rendez-vous, son après-midi est libre. La secrétaire déjà partie, ils sont seuls dans le modeste bureau encombré et poussiéreux. L'éditeur sert le café. Sa collection innove, dit-il. Le roman réédité aura une promotion exceptionnelle. Il a une suggestion, une proposition inédite en réserve. Victor Gill a réfléchi, il a relu le roman, une œuvre forte, publiable dans son intégralité, si l'auteur le désire. Il a pensé offrir à l'écrivain la possibilité de revoir partiellement ou entièrement son roman. Beaucoup d'auteurs ont confié avoir eu ce désir de réécriture après la publication d'un livre. Le livre de poche en porterait la mention sur la couverture.

L'éditeur situe la sienne au pinacle des collections de poche existantes. Le travail éditorial sera élaboré, comme il l'a déjà promis lors du premier appel. L'auteur lui-même peut collaborer à l'atteinte de l'excellence avec la réécriture partielle ou entière de l'œuvre, s'il le juge nécessaire. Il présente à Claude Lanthier une occasion unique de revoir son roman, sur des détails ou en profondeur. L'écrivain seul prendra la décision.

L'éditeur est heureux de se montrer ouvert, permissif. Cela s'accorde avec l'image qu'il entend projeter. La représentation d'un libertaire.

Claude Lanthier est déconcerté par la proposition. L'idée de retoucher *Le batailleur* ne lui est jamais venue. Il prononce la simple phrase suivante : je dois réfléchir. Il redit les mots qu'il a eus lors de l'appel précédent. Il est laconique et circonspect. Victor Gill reconnaît l'esprit tourmenté de plusieurs écrivains. Il s'empresse de le rassurer.

Depuis qu'il est assis, l'écrivain aperçoit le contrat d'édition au centre du bureau de travail. L'éditeur prend le document et le tend à son interlocuteur en un geste imposant. Il a mis par écrit l'ensemble des clauses proposées. Il invite l'auteur à le lire chez lui et à retourner la copie signée. L'éditeur aime ce moment précis où la décision se prend, où chacun s'engage à tenir son rôle jusqu'à la parution du livre. Les auteurs tendus veulent signer un contrat. L'éditeur se fait protecteur, il garantit la publication.

Claude Lanthier n'est ni tendu ni pressé. Il ne se prononce pas. Son chef-d'œuvre l'autorise à la négociation.

L'homme au teint gris est enthousiaste. Il a l'intention de faire rayonner à nouveau l'écrivain et son œuvre. Celui-ci n'écoute plus. Il est fermé au discours positif froidement séduisant. La générosité proverbiale dont Victor Gill s'honore n'a pas d'écho. L'éditeur, debout en train de parler et de bouger avec des gestes larges, remarque le silence rentré de son interlocuteur assis dans le fauteuil. L'écrivain reçoit le contrat.

•

Claude Lanthier ne remet pas en cause la publication chez cet éditeur. La maison a une bonne réputation. Celle-là ou une autre, l'affaire ne sera pas si différente. Les éditeurs veulent l'argent et la renommée, un catalogue d'auteurs réputés si la fortune n'est pas au rendez-vous. La gloire symbolique, ce n'est pas rien. L'écrivain a goûté ce pain-là.

Il ne sait pas ce qu'il pense de Victor Gill, avec ses qualificatifs exagérément laudatifs, impersonnels, n'ayant rien à voir avec la littérature. Cela n'a guère d'importance. L'homme est abordable, il rend une réponse immédiate et sans détour. Il s'est présenté comme une eau claire, quelqu'un de fiable, et on attend de lui qu'il tienne parole. L'écrivain lit le contrat chez lui, le pose sur sa table d'écriture. Il le signe. Il devient ambivalent, a l'impression d'une chape de plomb : il se dit qu'il vieillit, qu'il est temps de renouer avec son passé prestigieux.

L'éditeur donne congé à sa secrétaire, il tient à recevoir l'écrivain seul, dans son espace garni de vieux tapis et d'un mobilier usagé. Il porte une chemise bleue avec une cravate bleue et un veston cintré démodé. Avec l'auteur à l'abondante chevelure poivre et sel, il échange une poignée de main ferme et joviale.

Claude Lanthier a entièrement réécrit l'œuvre originale publiée il y a plus de deux décennies. Il l'a fait d'un jet, ose-t-il dire. Il évite le mot *inspiration*. L'éditeur le prononce, il a hâte de lire la version inspirée, annonce qu'il le fera dès ce soir, jusqu'au milieu de la nuit si nécessaire.

L'homme, qui se déclare généreux, tient à son image de bon gars, cela va ensemble. Il est débonnaire, accueillant. L'écrivain se méfie, il a des réticences, se renfrogne. Les éditeurs sont reconnus comme des gens de pouvoir devant lesquels les écrivains sont démunis et ne font pas le poids.

Le nouveau manuscrit sur le bureau est déposé, comme dit l'expression. L'éditeur téléphonera à l'auteur après la lecture. Cela se fera sous peu, aux dépens de son repos, s'il y a lieu. Claude Lanthier ne perçoit aucune bonté. Son livre iconoclaste est là, n'importe quel éditeur se montrerait empressé. La rentabilité du contrat est assurée.

L'éditeur lit le manuscrit réécrit, il retrace chacun des épisodes. L'écrivain a multiplié les détails, élaboré des ajouts, recomposé la majorité des phrases. Le roman est plus touffu, le nombre de pages augmenté grossira le volume, une bonne chose en regard des ventes. Victor Gill s'empresse à la production du livre entièrement revu et réécrit.

L'homme chauve appelle l'auteur, qu'il nomme avec familiarité « mon vieux », lui annonce avec enthousiasme qu'il a mis en production son classique.

L'auteur reçoit les épreuves du roman tel qu'il l'a réécrit. Il ne les corrigera pas, ne les remettra pas, les retiendra jusqu'à ce qu'il procède à une véritable négociation, cette fois, à son entière satisfaction. Il réfléchit à un nouveau titre.

Les appels et les rappels de l'éditeur commencent. L'auteur répond, il exige des délais. Ensuite, il décide d'ignorer les appels. Il tient la solution, le livre ne sera pas publié s'il ne rend pas les épreuves.

Victor Gill s'énerve. Il publiera sans la collaboration de l'auteur. Les délais sont tous dépassés. Quand l'éditeur rejoint le romancier au téléphone, il parle au nom du contrat, des obligations qui en découlent. Il discourt, se déclare obligé d'agir ainsi, se dit victime, poussé à cette extrémité, dit que la publication aura lieu pour le bien de l'auteur et de la littérature.

•

L'écrivain a lu les épreuves. Sa réécriture a détruit son chef-d'œuvre.

Le roman est publié. Victor Gill se défend, ne jure que par le contrat signé et le bien-fondé de sa décision. Claude Lanthier l'a obligé à publier le manuscrit tel que lui-même l'a remis au bureau des éditions. En couverture, le livre porte la mention suivante : *Entièrement revu et corrigé, nouvelle édition définitive.*

Un procès aura lieu.

Il durera quinze ans.

DEUXIÈME PARTIE

Au commencement de l'affaire, Victor Gill se promet de prendre une avocate pour le défendre contre Claude Lanthier. Il choisit Me Fafard, par féminisme. Selon lui, il faut aux hommes une révolution personnelle, qu'ils reconnaissent les capacités intellectuelles et professionnelles des femmes. Il affirme que les femmes sont plus honnêtes que les hommes. Il se fait lyrique, généralise, proclame que tous les hommes de la planète doivent démissionner et céder leur place à des femmes. Le monde s'en portera mieux, sera meilleur.

Sa verve discursive élit la capacité des femmes à être plus et mieux que les hommes. Selon l'expression radicale de Victor Gill, les hommes ont fait leur temps au pouvoir et il est souhaitable de les remplacer par des femmes. Il déclare que l'état du monde ne peut être pire, que le monde ne pourra être plus désastreux.

•

Il se trouve que Claude Lanthier a cherché une avocate. Le début des procédures a été fastidieux, interminable.

L'écrivain en a imputé la faute à l'éditeur. L'étude du dossier en est à ses préliminaires, et déjà l'écrivain ne parvient plus à payer ses honoraires.

La santé de Me Fafard, l'avocate de l'éditeur, s'est détériorée brusquement. Me Fafard a été emportée par le cancer. Elle a eu le temps d'obtenir un long interrogatoire de l'écrivain. Victor Gill ne cesse d'affirmer que l'interrogatoire est un tissu de mensonges qu'il qualifie d'éhontés. Les questions de Me Fafard, rédigées par l'éditeur, se sont révélées inutiles, faussées. Les réponses inadéquates n'ont pas à voir avec les questions. L'écrivain a réussi à les esquiver, les a détournées de leur sens. Il faut s'y prendre autrement avec un personnage menteur, fourbe. L'éditeur énumère les tares et les défauts, les reprend, une suite invariable.

C'est elle, Me Fafard, qui a présenté Me Benoist à son client, un avocat plus jeune, formé à son étude, abordant les dossiers selon une méthode comparable à la sienne.

Des années ont passé. Victor Gill croit que Claude Lanthier a abandonné la poursuite. L'édition contestée du roman, publié sous sa gouverne, circule. L'auteur n'a pas pu empêcher sa diffusion. Il n'écrit plus, il n'en a pas le désir ni la volonté. Claude Lanthier s'est endetté.

La cause entre l'écrivain et l'éditeur restée pendante est enregistrée, numérotée au palais de justice. Me Benoist, qui a été pressenti afin de prendre la relève et les dossiers de Me Fafard, téléphone à l'éditeur. Il a reçu un appel de Me Vinet, le nouveau procureur de l'écrivain. L'éditeur a été négligent. Il pouvait exiger l'annulation de la cause, il a été en droit de le faire, les délais de la poursuite ayant été largement dépassés. Il ne l'a pas fait. Claude Lanthier revient à la charge contre lui.

Victor Gill est l'objet de poursuites depuis qu'il dirige sa maison. Il a des ennemis, querelleurs et quérulents d'où viennent les procès. C'est son destin, croit-il.

L'homme chauve n'affiche aucune déception. Il se dit de nouveau victime de son écrivain. L'avocat Vinet a repris le litige toujours en vigueur au palais de justice. Il n'a pas eu à refaire le processus d'introduction. Une aubaine pour Me Vinet et son client de ne pas réintroduire la même cause pouvant, cette fois, être déclarée frivole par un juge différent, et ne pas être admise en cour.

Les requêtes ne sont pas toutes acceptées par la cour. Celle-ci, fortement discutée, a suscité des objections sérieuses. C'est en lien avec une question de jurisprudence que la cause a été reçue. Il n'existait qu'un petit nombre de cas provenant du monde de l'édition, la cause entre l'écrivain et l'éditeur établirait une décision nouvelle.

La requête de l'écrivain, autorisée de justesse par la cour, aurait pu prendre fin pour abandon des procédures. À aucun moment l'éditeur n'a cru nécessaire de mettre un terme à cette affaire, tant il avait la certitude que l'écrivain avait abandonné l'idée d'un procès.

À la réouverture du dossier, Victor Gill relit l'interrogatoire de l'écrivain par Me Fafard, le seul document d'importance. L'éditeur admire la pertinence et la solidité des questions qu'il a élaborées. L'ensemble du document a lieu d'être, demeure valable, se justifie hors de tout doute. L'éditeur désire que Me Benoist demande à Me Vinet de reprendre les procédures à partir de l'interrogatoire. Cette fois, Victor Gill entend abréger les requêtes préalables au procès.

•

L'éditeur ne retourne pas sans stratégie chez Me Benoist. Il existe des documents signés, le long interrogatoire, des notes abondantes, conservées, classées dans un dossier. L'homme chauve qui a eu des procès devant les tribunaux les a constamment gagnés. Comme maintenant, ce sont des hommes du milieu littéraire qui l'ont assigné en justice. Il ne doute pas qu'avec la présente affaire, il sortira gagnant. Si ce n'avait été du décès de Me Fafard, le procès serait déjà derrière lui depuis longtemps. Ni Me Benoist ni lui-même ne mentionnent la négligence d'avoir laissé la cause pendante au greffe de la cour. L'éditeur est optimiste. Il se reconnaît un homme supérieur à ses contemporains, avec un sens moral élevé. Ses affaires avec la justice ne sont pas connues de la communauté littéraire. Ceux qui ont perdu se taisent. S'il n'y a pas de jurisprudence connue sur des causes se rapportant à l'édition, ce n'est pas faute de poursuites devant les tribunaux.

Me Vinet, le procureur de l'écrivain, prévient Me Benoist que son client a déjà subi des pertes considérables. La longueur des premières procédures, la mort de Me Fafard, ont fait échouer les séances du prétoire. L'écrivain désire hâter le processus. Me Vinet, qui n'a pas encore rencontré l'éditeur, répète ce que l'écrivain dit, un adversaire tatillon, pointilleux, vétilleux, une chaîne de synonymes.

•

L'éditeur pense qu'il est pénalisé, objet d'une injustice, se voit tourmenté, obligé de se défendre. Il se remet à la rédaction. Il écrit sur le passé, le présent et le futur de la cause. Il écrit pour s'apaiser. Il dit par rationalité, de façon logique et systématique.

Ainsi recommence ce qui a duré près de trois ans. L'étape s'étant achevée sur une impasse pour chacun des protagonistes, il faut en finir.

L'avocat Benoist, un bel homme approchant la cinquantaine, montre une grande considération pour l'éditeur, lequel s'adresse à lui de manière paternelle. Il n'y a rien de faux entre les deux. L'avocat a beaucoup d'estime envers son client qui s'exprime clairement, qui possède une connaissance du droit. Victor Gill aime la langue de la loi, il l'utilise fréquemment dans ses relations personnelles. Il a acquis ces connaissances lors de procès antérieurs. L'éditeur entend impressionner à peu près tout le monde, y compris ses proches, lorsqu'il use de la logique juridique et des termes appropriés. Il cultive la raison d'un juriste.

Me Benoist est proche de l'éditeur dans son usage du langage. Il n'a pas beaucoup à modifier lorsqu'il reçoit les notes rédigées par son client.

L'avocat raconte ses déboires amoureux, sa vie conjugale, comme dit l'autre. Il a pleinement confiance en son client plus âgé, expérimenté. Permettez que je vous conseille, maître, dit Victor Gill. Me Benoist souffre des disputes maritales, il est désemparé, semble-t-il. Il veut avoir le secret d'un amour conjugal qui perdure. Lorsque l'avocat s'éloigne du dossier, il parle de sa séparation probable, plus tard, de la séparation qui a lieu, plus tard encore, de rencontres sexuelles avec des femmes. Le temps passant, grâce aux enfants, il maintient des liens avec sa femme. Il songe à renouer avec elle, pour le bien des enfants, pour son bien à lui.

Victor Gill se donne en exemple, il file le parfait amour. Il tient compte du fait que les femmes vieillissent plus rapidement que les hommes. Lui-même vieillit peu, il vieillit bien. Il est en forme, sur pied tous les matins. Son hygiène de vie est élaborée, une somme de détails précis. À sa compagne, ainsi qu'il l'appelle même s'ils sont mariés, il demande de veiller à la sobriété de son apparence. Il préfère dire ma compagne plutôt que ma femme, encore moins mon épouse. Il souligne une distance publique. Cela rejoint l'évolution des femmes, il ne se l'approprie d'aucune façon. La diriger doucement lui convient. Il y arrive par des comparaisons avec les autres femmes. Victor Gill l'incite à être la meilleure par sa présence discrète.

Ce n'est pas l'objet de leurs rendez-vous. Rien n'empêche qu'il soit régulièrement question d'une relation durable avec une femme.

L'avocat Benoist s'intéresse à ses clients. Il dit avoir représenté des femmes victimes de violence conjugale. Ce n'est pas un homme d'imagination ou d'excentricités. Il vise un standard de vie élevé et une vie familiale harmonieuse. Il désire ce que la société permet de mieux : une famille avec femme et enfants, un fils et une fille, lesquels sont déjà là, une maison cossue, une voiture de luxe, des vacances annuelles avec les siens, à l'étranger de préférence. Il n'a pas besoin de faire l'éloge de la classe moyenne supérieure, il en a adopté le mode de vie. Il y baignerait mieux s'il ne vivait pas seul dans un studio, séparé de sa femme et des enfants. Faut-il le préciser, c'est elle qui a demandé la séparation. L'avocat, pleinement adapté aux idéaux de la société, est disposé à travailler pourvu que cela soit rentable. Pour l'instant, il paie la pension alimentaire, sans la jouissance du foyer.

Me Benoist cultive les bonnes manières, il a de la dignité. L'éditeur perfectionne des manières dites civilisées, il s'attribue par là un surcroît de politesse et de déférence envers autrui, se considère comme un être d'exception. Il est distingué, sa façon d'être se remarque. Il n'est pas né, celui ou celle qui aura honte de sa civilité. Victor Gill a des usages et un savoir-vivre supérieurs dont il se sert pour impressionner les autres s'il y a une parcelle d'estime à retirer de quelqu'un. Les civilités sont sa seconde nature. D'emblée, il s'élève au-dessus de ses concitoyens. Sa considération respectueuse à l'égard des juges se remarque. Votre Honneur, Monsieur le Juge, votre Seigneurie.

Victor Gill est heureux d'avoir un avocat qui l'écoute et reprend textuellement ses arguments, qu'il prend la peine de noter, de rédiger entièrement, quand il le faut. Il ne peut se représenter lui-même, bien qu'il dise avoir une longue expérience des procès, avec des collaborateurs et des éditeurs.

Le client aborde le chapitre des honoraires. Il disserte, justifie ses principes, fait comprendre que l'édition est une activité précaire quant à la rentabilité, que l'édition vouée à la littérature est largement déficitaire. Les gens qui la pratiquent sont des idéalistes, ils n'ont pas à voir avec les marchands de soupe. L'homme chauve au teint gris va payer les honoraires demandés, il demande à le faire selon les liquidités à sa disposition. Il tient à rassurer l'avocat, il a toujours honoré ses dettes, personne ne peut dire qu'il doit un seul sou. L'avocat attendra pour avoir son dû, mais il l'aura.

Me Benoist a bâti sa clientèle. Des clients, il en a de toutes sortes, il en a besoin de plusieurs. Il attendra les paiements, fera une exception. Il exige ses émoluments en espèces. Le client et le procureur sont satisfaits de l'entente.

L'avocat, vêtu du traditionnel complet avec une chemise blanche, a une valise rectangulaire montée sur roulettes pour ses dossiers. L'hiver, son long manteau noir ou marine foncé est fait d'un tissu coûteux. La ligne du vêtement est sobrement élégante. Me Benoist, qui se mesure à ses clients, aux collègues et aux juges, a compris la nécessité des habits et de l'attaché-case. Il s'est procuré l'ensemble quand il est entré dans la profession. Il renouvelle les pièces du costume, ajoutant chaque fois la meilleure qualité sur le marché. La crédibilité demeure sensible aux apparences.

Me Vinet parle à la manière des avocats d'autrefois, d'abondance, de façon lyrique. Il ne se prive d'aucune répétition, croyant ainsi démontrer à l'intention d'un client et d'un juge une argumentation gagnante.

L'homme, sûr de lui, marche pesamment, fait valoir sa prestance. Il veut être remarqué, il l'est. Sa chevelure, hirsute la plupart du temps, rend l'impression qu'il est passé du lit à son étude, du lit au palais de justice. L'avocat, avec ou sans toge, s'exprime avec arrogance, tient des propos abstraits relevant de principes généraux.

Me Vinet a été marié trois fois. Il vit seul, n'accorde aucune importance à sa tenue, à sa représentation physique. Il a pris du poids, ses vêtements trop étroits montrent de l'usure. Certains disent qu'il est radin. D'autres affirment qu'il est indifférent aux images publiques, qu'il vit pour exprimer ses idées. On peut penser qu'il a la gestuelle et la mimique d'un artiste ou d'un acteur pour qui la salle d'audience est un théâtre où tous les arguments sont permis s'ils relèvent de grandes idées ou de grands principes.

Me Vinet est insaisissable. Le personnage a défendu toutes sortes d'individus, a exercé ses compétences dans tous les domaines du droit. Il a connu des déboires financiers. Après des années impécunieuses, il s'est inscrit parmi les avocats de l'aide juridique. Il défend les droits des faibles, des opprimés.

Quand l'écrivain s'est présenté, il a déclaré le jour suivant être disposé à le considérer comme son client. Me Vinet portera sa cause devant le tribunal.

L'avocat imagine un grand débat littéraire, ce qu'il n'a pas trouvé dans les annales judiciaires du Québec. Il pense à Baudelaire, à Flaubert, à la censure, à la liberté d'expression. Le temps presse, il est dans la force de l'âge, il aura soixante ans bientôt. Sa fonction lui fournit l'occasion de s'illustrer. Il aime la rhétorique, beaucoup trop selon ses collègues, qui le lui ont reproché. Il s'est fait des ennemis, a créé des inimitiés. Sa réputation le précède, comme il en est de plusieurs membres du Barreau.

L'avocat a eu des velléités d'écriture à l'époque de ses études classiques. Il a espéré faire carrière dans les belles-lettres, devenir un écrivain qui s'exprime en multipliant les figures de style. De plus, il a été l'orateur du collège. Quand il écrivait, il grossissait les émotions des personnages dans ses pages littéraires. La littérature lui permettait de défendre ses idées. Il s'est essayé, assis à son pupitre. Les phrases ne venaient pas comme la parole. Il croyait manquer d'inspiration. Le futur avocat est retourné à ce qui lui réussissait : les discours éloquents.

Les films américains sur des procès l'orientèrent vers l'étude du droit. L'étudiant a perçu des similitudes entre les plaidoiries et la défense des idées en littérature. Depuis des décennies, il souhaite défendre un écrivain, ce qui se résume à défendre la cause de la littérature. Il a consulté de nouveau la jurisprudence, il n'existe pas de véritables litiges se rapportant à une œuvre littéraire. Il explore un domaine nouveau où il a la possibilité de s'illustrer. Le dossier qu'il vient d'accepter comble des vœux anciens.

Son client, homme de peu de mots, mu par la rage contre l'éditeur, est insensible à la grandiloquence de son avocat. Me Vinet ambitionne une illustration exemplaire du litige et un triomphe à la fin du procès. En conséquence, l'éditeur paiera les sommes demandées par son client.

Claude Lanthier se déclare victime de l'éditeur, qui a publié son livre sans son consentement. De fait, le contrat d'édition a été signé par l'écrivain. L'éditeur se dit victime puisque l'écrivain le poursuit : il ne respecte pas sa signature dudit contrat.

L'écrivain et l'éditeur se disent chacun victime, la seule position convoitée. Claude Lanthier rejette la publication du livre paru dix ans plus tôt. Il ne cesse de refuser son livre publié et de se répandre en injures. L'écrivain se plaint de ne pas avoir été entendu de l'éditeur.

Sa pensée s'est tarie, il est incapable d'écrire. Il n'en souffre pas, tant il est occupé à chercher comment il peut obtenir justice. Les années ont passé, sa réputation a subi un tort, un dommage qu'il chiffre en dizaines de milliers de dollars.

Claude Lanthier n'a plus de travail, sa femme l'a quitté. Si l'homme se déclare une victime de l'éditeur, il n'a pas dit son dernier mot. Ce procès allait être pareil à une œuvre littéraire. Il se donne l'occasion d'une réparation. Il s'avoue bafoué, tourmenté, il a la possibilité d'inverser la situation. L'écrivain doit sortir grandi par un jugement fracassant, une victoire éclatante qu'il rendra publique.

Il anticipe sur le fait de gagner la faveur des gens du milieu littéraire. Il pense représenter les écrivains aux prises avec des éditeurs. Plusieurs sont insatisfaits, piégés par des contrats impossibles, incapables d'exercer leur droit de recours. Les écrivains déçus sont sans ressources, aussi ont-ils la considération des lecteurs. Les écrivains possèdent la légitimité. Cela tombe sous le sens, l'écrivain jouit de la faveur générale.

Comme auteur, il a produit une œuvre, tandis que l'éditeur l'exploite. Au départ, les jeux sont faits. Rien ne peut entamer auprès de la cour la sympathie populaire. L'éditeur a déjà tort du seul fait de paraître devant le juge. D'entre les protagonistes, l'écrivain est le plus faible, celui qui ose relever la tête à l'encontre d'un puissant et défie un personnage de pouvoir. L'auteur a créé une œuvre. L'éditeur l'en a dépossédé. *Le batailleur* tel qu'il est publié n'a rien à voir avec son œuvre originale.

Le demandeur a choisi Me Vinet parmi les avocats de l'assistance juridique. L'écrivain, qui a l'habitude de se représenter les gens et les situations, pense que Me Vinet est une grande gueule. Des membres actuels du Barreau parlent d'un dinosaure. Les avocats en fin de carrière disent, avec politesse, emphatique. Cela recouvre la même réalité de langage. Me Vinet discourt de manière assertive, d'une voix forte et déterminée. L'écrivain a connu les forts en gueule. Les dinosaures rappellent les politiciens de l'époque Duplessis. Pour ce qui est des grandiloquents, certains écrivains, lorsqu'ils ont bu trop de vin, de bière ou de spiritueux, ont la parole logomachique. Cela ne l'ennuie pas. Il prendra sa revanche grâce à l'incontinence verbale de son avocat.

L'enthousiasme de son procureur à l'idée de défendre un écrivain injustement traité par le patron éditeur, par les journaux qui ont refusé ses lettres de protestation, par l'institution littéraire qui n'a pas daigné le soutenir, est éloquent. Cette fois, Me Vinet ne se porte pas à la défense de la veuve et de l'orphelin, il va à la défense de la libre pensée, de la parole d'un écrivain. L'écrivain est le maître de son œuvre, nul ne peut intervenir sur ses prises de position. Le client et son procureur détiennent la même certitude. C'est à la rencontre de cette idée que leur entente prend naissance. Les perspectives diffèrent d'après leur fonction. L'avocat dévoilera sa grandeur en défendant la liberté de l'écrivain, la liberté d'expression par le fait même. Me Vinet se dit un homme de pensées humanistes, se doit d'en passer par l'exagération, par l'outrance. L'avocat aborde ce procès comme une affaire personnelle, il tend à s'identifier à son client, il le représentera haut et fort.

L'écrivain, qui n'accorde pas sa confiance à qui que ce soit, qui se méfie, cherche des complots, des malversations parmi les siens, est tenu d'accepter Me Vinet. Ils fondent leur entente sur la volonté de défendre l'intégrité de l'œuvre, sur la dénonciation des méfaits causés par la dernière édition et l'actuelle circulation du livre, sur les torts occasionnés à la réputation de l'écrivain. Le premier document de l'avocat, conçu verbalement, est rédigé par écrit, puis présenté à la satisfaction de son client.

•

Claude Lanthier sera amené à s'exprimer dès l'ouverture du procès. Me Vinet dit qu'il réserve une surprise à la partie adverse.

L'avocat a-t-il lu ou non les livres de son client, a-t-il lu l'œuvre essentielle, l'objet du litige ? On peut le supposer. Rien n'est certain. Me Vinet est quelqu'un de fantasque, un homme mu par les émotions, pour qui le langage tient de la pure rhétorique. Les mots eux-mêmes sont creux, infondés. Tout réside dans l'art de les manier. Ça, il sait le faire. Sa carrière s'est jouée sur du bluff. Il s'est retrouvé, malgré ses prétentions, parmi des avocats sans grande réputation.

L'avocat n'apprécie pas l'écrivain quand il parle de l'ensemble de son œuvre en termes de forces occultes. Il n'y a pas là matière à composer des phrases destinées au juge. Il tient encore moins compte du lyrisme ésotérique. Les mutations de civilisation le laissent pantois.

Me Vinet veut défendre une cause universelle, si l'idée générale se réfère à la littérature. Il a retenu la liberté d'expression, un concept suffisant, qui va fonder sa matière. Le cas de l'écrivain, il faut le rendre singulier, comme un prototype peut l'être. Il attend que l'écrivain se définisse, se situe lui-même parmi l'ensemble des écrivains québécois, dont il ignore tout. Sa connaissance de la littérature remonte à ses études classiques, un professeur avait lu des poèmes d'Émile Nelligan[1]. Il ne se souvient d'aucune œuvre de prose.

L'écrivain n'en veut pas à son avocat de ne pas lire d'ouvrages littéraires, et par conséquent de ne pas connaître

---

1. Émile Nelligan (1879-1941), poète québécois d'influence symboliste et romantique dont l'oeuvre est particulièrement étudiée et enseignée au Québec.

Le batailleur. Ce n'est pas ce qu'il attend de lui. L'écrivain prend un air contrit, le regard chargé de sous-entendus. Il n'arrive pas à prononcer ce que les gens du milieu répètent comme une évidence. Il a écrit le livre le plus important de cette époque, le roman emblématique. Il a été le premier parmi les écrivains.

Vous devez m'entendre, dit Claude Lanthier, si l'éditeur a commis ce que je considère comme un crime, c'est qu'il a l'intention de me dépouiller de mon œuvre, de ma réputation, de mes émoluments. Jusqu'ici, ce livre, *Le batailleur*, m'a permis de gagner ma vie. J'ai eu des droits d'auteur, des droits de suite par les traductions, des invitations nationales et internationales, des entrées dans les différentes maisons d'édition où je publie. Le renom me permettait des travaux à la pige correctement rémunérés.

L'écrivain a perdu l'espoir de regagner une situation semblable. Il n'est plus sollicité.

C'est un homme déchu. Il a été un beau jeune homme qui parlait avec clarté, fréquentait ce que Montréal avait de littéraires, d'artistes, d'intellectuels. La Révolution tranquille[2] a fait naître cette première œuvre. Cela tient d'une époque, de l'Histoire. Il a saisi mieux que quiconque ce qui changeait, l'avènement du nouveau. Il affirme avoir été un médium, un catalyseur, un sourcier, certains ont dit un prophète. Il avait un avenir et n'a cessé d'y croire. La Révolution avait lieu. Il a été propulsé au premier rang. Il pensait qu'une révolution de l'esprit était nécessaire, ainsi parle-t-il des vibrations cosmiques qui indiffèrent son avocat. Me Vinet n'envisage pas de plaider la cause au nom de la Révolution. Il se souvient du Front de libération du Québec[3], des procès qui ont suivi octobre 1970. L'avocat

---

2. Période de l'Histoire du Québec s'étendant des années 1960 aux années 1970 durant laquelle le pays rompt avec ses traditions sociales, culturelles et économiques et entre dans la modernité.

3. Nom collectif utilisé par un réseau de cellules autonomes qui prônaient l'action directe, souvent violente, pour réaliser l'Indépendance du Québec.

n'a jamais résolu pour lui-même s'il aurait plaidé du côté de la couronne ou du côté de la défense. Les engagements sociaux impliquent des saletés, des impuretés, un lot de contingences insupportables. Sa prodigieuse capacité verbale était indifférente aux discours politiques.

•

Me Vinet ne dira pas à son client qu'il faut aller chez le coiffeur. Si lui-même n'est pas soigné, son client l'est encore moins. Les vêtements informes, malpropres, l'empêchent de se concentrer. Il veut le dire, se tait, il est outré. Ce n'est pas l'image corporelle qu'il a d'un écrivain.

L'avocat résume à sa manière, selon ce qu'il appelle sa méthode, le propos exemplaire. Claude Lanthier a été le premier, l'unique, le plus singulier. Celui-là, il va le défendre, malgré l'apparence déchue. Il fabule, se recompose une représentation morale de son client. La perte de l'œuvre détruit l'image personnelle de l'homme qui n'a plus le souci de lui-même, ni de celui qu'il a été pour les autres. Me Vinet sauvera le manque de dignité du personnage.

Me Benoist répète que son client est un intellectuel. L'avocat étudie les documents, prend des notes, ajuste les formulations de l'éditeur à la terminologie des tribunaux.

Victor Gill dit que son intuition ne le trompe pas. Il anticipe les conflits possibles. Il prend des notes lors de ses conversations avec les écrivains. Les rendez-vous sont inscrits. Des bribes d'échanges figurent aux dossiers. Claude Lanthier s'exprime si peu qu'il devient mystérieux et lui renvoie l'image d'un usurpateur. L'éditeur affirme qu'il n'a rien à cacher, qu'il peut ouvrir ses livres, les chiffres parlent d'eux-mêmes. Il est un homme d'ordre.

Les notes des échanges sont confidentielles. Il est tenu d'en prendre. Il le fait pour connaître ses auteurs. Entre celui qui se tait et celui pour qui la parole est une logorrhée, une logomachie, l'éditeur dit être confronté à des relations difficiles. Ce qu'il écrit trace des portraits objectifs.

Il importe de survivre à ces rencontres, aux contacts obligés. Il se place en maître-le-veut-ainsi.

•

Victor Gill n'a pu s'empêcher d'écrire à l'auteur. Celui-ci devait apprendre que son éditeur n'est pas un inculte, qu'il sait écrire, articuler sa pensée. Les lettres qu'il tend à Me Benoist additionnent ses générosités. Les chiffres sont là. De même, les heures de disponibilité accordées sont précisées. L'éditeur exige que les lettres soient présentées au tribunal en preuve de son honnêteté.

L'ensemble des lettres constitue une documentation essentielle pour fonder l'argumentation juridique.

L'avocat a de l'admiration pour son client, qui montre de l'assurance et de la détermination. Ce que son client dit vaut de l'or, l'avocat se surprend à recueillir des formulations verbales comme des vérités. Si l'avocat demeure rationnel, il est sous le charme d'un homme policé qui dit tendre vers la perfection. Me Benoist a daigné lire les notes volumineuses que l'éditeur a prises dix ans auparavant. Les premières rencontres avec l'éditeur ont été très longues. L'avocat a usé de patience et additionné ses heures. Trop de clients ont un entendement sommaire de leur cause. Cette fois, il faut accepter les arguties. Me Benoist ne cherche pas à entraver les lenteurs de ce client particulier. En retour, l'avocat est admiré s'il endosse les exigences parcimonieuses.

Aux derniers jours de février, les heures d'ensoleillement s'allongent. L'éditeur pense que l'audience aura lieu avant les vacances d'été. Après avoir exigé des délais, ralenti le processus par l'examen précautionneux des pièces au dossier, il se prend à penser que le litige est ultra simple, qu'un seul jour de procès suffira. L'éditeur rassemble ses notes anciennes et nouvelles, ordonne et réordonne les pièces justificatives. Il a les livres de l'écrivain et les contrats de ceux qu'il a édités. La matière stratégique s'organise d'elle-même.

Il se réjouit d'avoir choisi Me Benoist, à qui il paie ses honoraires lorsqu'il dispose d'un surplus. Ce procès s'annonce favorable. Il place sa confiance en Me Benoist. Son optimisme et son enthousiasme sont perceptibles. Il regagne sa pugnacité.

Quand il apprend qu'un juge entendra la cause, l'éditeur pense qu'ils débattront entre hommes. Il y voit un excellent présage. S'il a hautement désiré l'intervention d'une femme afin de rabattre l'agressivité belliqueuse de son auteur, la situation se dessine autrement aujourd'hui. Lui-même, par son impartialité, conjurera et rabattra l'animosité masculine de la partie adverse. S'il y a lieu de sévir contre des propos haineux et guerriers, il le fera contre l'esprit mâle, la volonté du prédateur. L'homme chauve se définit maintenant par sa féminité intérieure.

Victor Gill a développé une haute idée de lui-même depuis qu'il est à la tête de la maison d'édition, il dit à la barre des éditions. Il montre de la condescendance envers Me Benoist. Son âge le justifie. L'éditeur fait la différence entre le niveau de savoir, le savoir bien à jour de son avocat en opposition avec l'expérience de vie dont il se gratifie intégralement.

L'homme au teint gris, s'il a pleine confiance en son avocat, se déclare plus avisé que lui, pour avoir accédé à une perception plus large de l'affaire. L'avocat est l'instrument indispensable qui le représente, tandis que l'éditeur oriente la perspective de la cause. Il mène le débat à venir. Il a retenu cela des procès antérieurs, tous gagnés. La préparation ne doit être négligée sous aucun prétexte. Il est question ici de méthodologie, totalement déficiente chez ses contemporains.

En salle d'audience, les faits ne sont jamais suffisamment présentés. La suite chronologique des événements, les motivations, les incidences principales et secondaires, l'argumentation logique de cause à effet ne peuvent être bâclées. L'éditeur défend des longueurs et des répétitions qui ont lieu d'être. L'homme écourte son sommeil, il reconstruit ses notes. Il exerce son esprit d'analyse afin d'être plus que représenté par l'avocat, afin de parler à travers lui.

•

Me Benoist demande à Victor Gill ce qu'il pense de l'écrivain. L'éditeur a appris que Claude Lanthier vit de l'aide sociale, qu'il n'a aucun revenu ni aucun bien. L'écrivain est un fieffé menteur, il précise, un menteur congénital qui, généralement, refuse de répondre aux questions. Vous verrez, Me Benoist, vous aurez des difficultés à recevoir la moindre réponse aux questions les plus simples. L'avocat dit qu'il exigera un oui ou un non, qu'il ne donnera pas l'occasion de longues répliques. L'éditeur pense que ce sera insuffisant, que l'écrivain invente des situations qui n'existent pas, qu'il se sert de son imagination pour travestir la vérité de la réalité. L'écrivain hallucine, ne peut jamais répéter ce qu'on lui a dit. Il crée des fabulations dangereuses et démontre une agressivité délirante. Victor Gill est persuadé que Claude Lanthier présente un cas pathologique, un mot qu'il utilise fréquemment dans sa profession, tant les écrivains sont atteints par divers troubles psychiques. Ce dont souffre l'écrivain le pousse à la provocation. Il a un caractère violent, intempestif, donc imprévisible devant les contrariétés. Il est un cas limite, sa santé mentale est atteinte. Quand Victor Gill désigne un cas pathologique, c'est sa façon civilisée de dire que l'autre est atteint de folie. L'éditeur a quand même quelques lectures en psychologie. L'éditeur dit qu'il s'attend à voir un homme vieilli, dépenaillé et débraillé. Tous les écrivains gauchistes, par non-conformisme, négligent leur apparence. En revanche, lui-même a le sens de la dignité. L'avocat doit s'attendre à un contraste entre eux.

•

L'éditeur est le défendeur. Chaque fois, l'éditeur était le défendeur lors des procès antérieurs. Il déclare qu'il ne fait que se défendre, il n'attaque jamais. Il a appris cela à ses enfants. Ne pas attaquer, en aucun cas, mais se défendre. C'est vital, ne pas être passif, refuser de subir. La règle de vie, il l'applique, la promulgue, la transmet.

Ce procès est la répétition des autres, en plus excitant. Son adversaire est un écrivain connu, cette fois. Il ne peut demeurer passif face au demandeur. Son habituelle souplesse compréhensive, il ne peut l'exercer. Claude Lanthier offense la représentation qu'il a de la profession d'éditeur. Victor Gill vit de son image, de l'identité sociale qu'il s'est donnée. Le procès met en jeu ce qu'il est. S'il discourt sur la nécessité de soutenir les écrivains, tel qu'il envisage son engagement, cette fois, il est debout, prêt à se défendre contre l'un d'eux.

Depuis qu'il a reçu la mise en demeure, livrée par un huissier dix ans auparavant, il a développé pour cet écrivain une telle hargne chargée de mépris qu'il se demande d'où cela lui vient. L'éditeur se reconnaît une nature douce et bienveillante, ainsi qu'il se décrit. Les sentiments odieux, il les attribue à la malhonnêteté foncière de l'écrivain, qu'il subit comme une atteinte à l'homme intègre qu'il est. L'approche du procès ravive des sentiments mauvais.

Il a hâte d'en finir. Il s'apprête à passer des nuits à rédiger des pages explicatives destinées à son avocat et à lui-même. L'ample travail le libère de vives émotions. L'éditeur se retrouve tel qu'il se veut, rationnel, fonceur, capable d'arguments logiques.

Me Vinet ne parvient pas à libérer la parole de l'écrivain. Il reste sur sa faim. Devant le juge, il faut s'exprimer au sens premier du terme, comme ses contemporains le font à propos de tout, notamment sur les gens absents. L'écrivain réclame justice, l'avocat est là pour que justice soit faite. Me Vinet manque d'arguments, ceux inscrits dans ses notes sont minimaux. Il a fait avouer à l'auteur avoir écrit le chef-d'œuvre de l'époque. Il amplifiera l'importance de la déclaration, il est doué pour les argumentations théâtrales. Il faut des phrases en réserve. Le discours a besoin d'épaisseur, de dits et de non-dits, pour la vraisemblance des affirmations majeures.

L'écrivain est un cas. Me Vinet pense à la solitude de l'écriture lorsqu'il rédige une lettre, écrit une plaidoirie, met de l'ordre dans ses propos. Celle du romancier dure, s'étale sur des jours, des mois, des années. L'avocat n'en tire aucune conséquence pratique, sachant que les longs silences excitent son goût de parler, de discourir. Il prend des notes depuis leur première rencontre. L'avocat cherche à imaginer l'éditeur. Le portrait qu'il s'en fait, pense-t-il, n'est pas fiable.

L'auteur devient un homme problématique tant il refuse la parole. L'avocat a l'habitude de la logorrhée des clients, du moins au cours des premières rencontres, quand ils exposent les motifs de leur consultation.

Me Vinet attend son client au début de l'après-midi. Sa profession exige un décor, un mobilier : un bureau, des fauteuils, des lampes, des classeurs, des patères, une photocopieuse, une imprimante, des tapis, des diplômes accrochés au mur, des reproductions de gravures représentant la justice. Les meubles sont lourds, la lampe de bureau ancienne, les encadrements rococos de couleur dorée, les faux tapis orientaux usés. L'avocat a meublé son cabinet au début de sa carrière. Depuis, il n'a rien bougé de son aménagement. Des piles de dossiers s'élèvent sur une table d'appoint à côté du bureau recouvert de documents divers.

Auprès de sa clientèle, il s'exerce à parler avec autorité, puisqu'il faut parler ainsi devant le juge. Cette fois, il représente le demandeur, celui qui poursuit l'éditeur. Il faut pour cela une ouverture verbale fracassante. L'éditeur et son avocat seront saisis, perdront leur superbe et leur sang-froid. Ils seront déstabilisés.

L'avocat a devant lui son cartable, l'objet du litige est détaillé. Il manque de matière, ce qui fait la richesse d'une affaire, le décor d'où il tire son inspiration. Il a voulu écrire des romans à la manière de Balzac et de Zola, il ne s'est pas reconnu dans le roman de son auteur, trop bref, trop vulgaire, une histoire de meurtre impuni, un héros sans grandeur, un délinquant qui n'a pas l'intention de s'amender. Me Vinet est choqué par ses contemporains. Le roman désigné ne peut être une grande œuvre. Mais des critiques littéraires, des historiens de la littérature, une confrérie d'écrivains en ont jugé autrement. L'avocat cherche à oublier ses pensées littéraires, ses idées personnelles sur un art associé à la beauté, au sublime.

L'écrivain se présente à l'heure convenue, pénètre dans la pièce étroite, prend place dans le fauteuil de cuir noir face à son avocat. Lui-même reconnaît ne pas avoir suffisamment parlé de son éditeur, il paraît désireux d'y remédier d'autant que cette situation entrave son pouvoir d'écrire, de gagner sa vie, de mener une vie sociale convenable. Il l'avoue, il n'est plus présent aux lancements et aux festivals littéraires. Sa vie a basculé il y a une décennie. Il ne doute pas éprouver à l'égard de son éditeur des bouffées de colère suivies d'apaisement. Il ne pense à rien. Le vide le paralyse. Il est inhibé, n'a plus de forces psychiques, s'occupe à des jeux électroniques, dérive jusqu'à la nuit. Il ne dort pas. Il ne sort pas plusieurs jours d'affilée, reste assis, affalé dans son fauteuil, mange trop ou pas assez. Effrayé par le caractère amorphe de son existence, il ne bouge pas pendant des jours.

Non, il n'a pas vu son médecin, dit-il à l'avocat. Il s'ennuie de l'acte d'écrire. L'éditeur lui a enlevé son pouvoir littéraire.

Me Vinet prend l'écrivain au mot. Quel est cet homme capable d'enlever toute forme d'inspiration à un auteur talentueux ? L'écrivain est un démiurge, nul n'est au-dessus de lui, nul n'a le droit de s'immiscer dans sa pensée. Quand une telle chose se passe, cela se nomme de la censure.

L'écrivain parle de l'éditeur, de sa vanité, du personnage content de lui-même, étalant ses gratifications morales, professant prendre parti pour le plus faible. Ainsi s'adresse-t-il à l'écrivain qui nécessite sa protection, justifiant ses visées paternelles, son soutien sans discussion. L'éditeur se prononce inconditionnellement du côté de l'écrivain, solidaire face à la jungle médiatique.

Victor Gill proclame son ascendant, son autorité, ne s'embarrasse pas de luttes de pouvoir tant il a la certitude de l'incarner. L'homme chauve cache son inculture, il n'aborde aucune discussion littéraire.

L'écrivain raconte être allé aux éditions signer un contrat que Victor Gill avait présenté comme une aubaine, une occasion à saisir. C'est un marchand. Il a beau qualifier les autres éditeurs de marchands de tapis, il en est un. Il distribue les bons mots, les louanges, les éloges, les flatteries dont raffolent les auteurs, en revanche, Claude Lanthier ne se rappelle d'aucune phrase ou d'une seule expression significative sur son œuvre.

L'écrivain est persuadé que l'éditeur n'aime pas la littérature puisqu'il n'en parle pas. Celui-ci a une formation de comptable. Des poètes affirment qu'il a les raisonnements d'un comptable, chiffrant chacun de ses gestes, disant, par exemple, qu'il lit leurs manuscrits durant la nuit, soustrayant des heures à son sommeil. Des auteurs l'ont en aversion pour ce type de remarques, pour ses propos culpabilisants.

L'éditeur affirme continuellement être un intellectuel. Les Québécois tournent en dérision les penseurs, la vie intellectuelle et ce qui s'y rapporte, les débats d'idées, notamment. Cet attribut d'intellectuel est valide pour un cercle restreint dont il s'accorde les suffrages. Victor Gill calcule ses mérites, les chiffre, heureux de son appartenance à une élite. Il raffine ses identités.

L'écrivain ne connaît personne qui a autant la passion de son identité. L'éditeur se dit transparent, il insiste là-dessus, il n'a rien à cacher, taxant les autres de fieffés menteurs ou de menteurs de tout acabit. Ses exposés sont des autodéfenses. Victor Gill se justifie continuellement. Une autre de ses marottes réside dans la pensée objective. Il parle de son objectivité en opposition à ceux qui en sont incapables. Il devra admettre devant la cour qu'il présente sa version des faits puisqu'il se défend. Il a réfuté les allégations de l'écrivain contre la parution de son livre par des objections interminables au sujet du contrat qu'il fallait respecter. Il prétend ensuite avoir un esprit de synthèse.

Il est inutile de discuter. Cet homme s'obstine, il revient à la même idée, au même fait inchangé avec des arguments vraisemblables et invraisemblables.

Victor Gill a été poursuivi par ses collaborateurs. L'écrivain a fini par saisir son procédé. Comme éditeur, il construit des dossiers, accumule des pièces justificatives de tout ordre. Les contrats, les ententes écrites en sont les pièces majeures. Il note le jour et l'heure des appels téléphoniques, rend compte des contenus des conversations. Il est constamment en train d'ordonner des classements, d'élaborer des calculs pour son banquier, pour les subventionneurs. Il parle à mots couverts de ceux à qui il rend des comptes, de ses engagements auprès d'eux. L'écrivain éprouvait après ces rencontres un lourd malaise qui revenait à la surface le lendemain ou plus tard. L'éditeur faisait peser sur lui le poids de son entreprise chroniquement déficitaire, selon son expression, tandis qu'il conduit une voiture américaine luxueuse, porte des vêtements griffés, fréquente les grands restaurants du centre-ville. Son avocat a une adresse prestigieuse, vous l'avez remarqué ?

Vous avez demandé ce que je pense de mon éditeur. Je ne prétends pas avoir décrit des traits objectifs. Ma situation est désastreuse. Il y est pour quelque chose. Je suis victime de ses mauvais traitements. Je n'ai plus rien. Un talent qui ne s'exerce plus cause de graves embarras. Je souffre de mon imagination, persuadé qu'un jour prochain je serai de retour à ma table, que j'aurai matière à écrire. Je désire recommencer. La plupart du temps, je ne fais rien. Je suis désargenté, j'existe comme un loqueteux, j'habite un logement misérable impossible à nettoyer et à entretenir. Ma vie matérielle s'est détériorée au point où je me demande si j'existe, où je suis, quel sera mon prochain déplacement. Un simple mouvement, une simple décision sont truffés de difficultés, me prennent un temps infini. Je n'ai jamais imaginé de vie ascétique, je refuse le grand dénuement. J'étais pigiste, j'avais des contrats, j'exécutais les travaux et respectais les délais. Avec mes déboires familiaux, mes déménagements successifs, j'ai perdu mon équilibre intérieur. Je suis parfois sans domicile. J'avais l'habitude d'être entouré d'amis, de connaissances, de personnages insolites. Je me retrouve sans ressources et sans relations. Vous voyez les vêtements que je porte. Je n'en ai pas de meilleurs. J'irai devant le juge avec un accoutrement semblable.

Je préférerais parler de mon existence telle qu'elle est. Je n'ai pas la vocation de vivre dans l'isolement et la grande misère.

Je plaisais aux femmes, je leur ai longtemps beaucoup plu. Après la parution de mon livre, il a existé au cours des années 1970 une grande époque du féminisme. Des intellectuelles étaient convaincues que j'étais un phallocrate, que j'avais écrit un livre misogyne et condamnable. Mon argumentation n'allait pas loin tant je suis persuadé que l'écriture naît dans la spontanéité, à l'instant où elle se fait. Ces femmes appréhendaient une intention absente, tant j'écrivais viscéralement, à l'aveugle. J'écrivais naturellement, de façon sauvage. Les féministes cherchaient à me censurer, affirmaient que j'étais machiste. Je n'avais rien contre elles. Elles n'ont jamais réussi à formuler leurs protestations verbales, à les formaliser par écrit de manière efficiente. Ces femmes étaient une poignée d'activistes. Je dénonçais l'importance qui leur était accordée, l'effet d'une actualité.

Ce que pouvaient dire les militantes ne me touchait pas. Pour moi et pour d'autres collègues écrivains, les critiques des féministes ne nous atteignaient pas. Leurs idées, quand elles n'étaient pas saugrenues, étaient si excessives que nous les tournions en dérision, nous les méprisions. J'aurais voulu qu'elles entendent à rire, qu'elles ne se prennent pas au sérieux. En réalité, un quarteron de féministes s'arrogeait le droit de dénoncer mes livres. Lorsqu'elles m'agressaient verbalement, je prenais les choses avec mollesse ou, selon les jours, j'étais stimulé, excité, de me savoir lu par des marginales.

Une authentique minorité de lectrices lettrées respectait la littérature. Je percevais que les femmes étaient mes alliées, y compris, l'ai-je assez dit, celles qui me provoquaient. C'était l'époque, des femmes exerçaient leur liberté sexuelle et professaient leur désir pour les hommes. Il y en avait un grand nombre pour nous aduler, nous apporter leur aide, qui se prenaient pour nos muses. Ce sont les femmes qui venaient vers moi.

Une expression de romans français convenait à ce qui avait lieu. J'étais couvert de femmes. Je les attirais, ma réussite les attirait. Peu importe où j'allais, elles m'approchaient, me cajolaient. Mes photos publiées en grand format rendaient mon succès visible. J'étais célébré. Mon impression d'être une vedette a duré. Connu et reconnu, je l'étais sans l'avoir cherché. J'y ai pris goût. Des femmes autour d'un écrivain, c'était inégalable, elles cultivaient le goût de ma réussite. Elles étaient intégralement de fanatiques admiratrices.

J'avais les femmes à mes pieds. Ma vie commençait. Un bonheur si fervent, je l'ai trouvé auprès d'une femme.

J'étais et je suis encore du type monogame. L'une d'elles m'a choisi et je l'ai choisie, ce fut réciproque et prometteur. J'ai aimé ma femme pendant des années. Lorsque je me suis retrouvé seul, j'ai perçu la totalité de ce qu'elle faisait. Elle gagnait bien sa vie, un salaire important, supportait les charges principales. Elle s'occupait des tâches domestiques, de ma correspondance, de mes rendez-vous, lisait mes manuscrits avec soin, tapait et retapait les différentes versions. Une autre femme aurait agi de même avec un écrivain. Je n'ai pas cherché à la remplacer. Je vis sans désir. Aphanisis. Je suis incapable de percevoir le désir d'une femme à mon égard.

J'ai observé des changements sociaux. À cette époque de grande liberté, les hommes quittaient les femmes et continuaient avec des plus jeunes. La tendance s'est inversée, les femmes quittent les hommes.

Ma vie sociale n'existait pratiquement plus. Tout a commencé par un vide existentiel que je considérais comme un bienfait. Les écrivains travaillent dans la solitude, celle que chacun fuit. Ma femme était partie, il m'a fallu quitter le logement dont je ne pouvais assumer le loyer.

De tout temps, j'ai caressé l'idée que la société est faite pour un homme. De cela, je n'ai jamais douté, la société est ce que j'en fais. Mon rôle, ma raison d'être, était de contester les bourgeois qui, en retour, entendaient m'intégrer.

Ce que j'écris est instinctif. Les intellectuels n'ont tenté à aucun moment de ruiner mon travail littéraire : tout au contraire, ils me manifestaient leur considération. J'étais entouré des meilleurs intellectuels avec qui je discutais d'égal à égal.

Je me mesurais constamment à d'autres hommes. J'étais éligible à tous les prix, invité aux événements littéraires. Je crois que les membres de l'Académie[4] m'auraient accueilli si je les avais approchés. Je n'avais pas l'âge canonique. J'étais le plus jeune. Il est impossible de fonder une carrière d'écrivain sur le critère de l'âge. On n'a pas beaucoup réfléchi sur l'âge et les écrivains.

Un écrivain a besoin d'aide en continuité. D'ordinaire, il la reçoit d'une femme. Cela a eu lieu sans préméditation, je misais sur la femme que j'aimais. J'aurais pu ne pas l'aimer et recevoir le même appui. C'est dans l'ordre des choses, tant de femmes veulent un écrivain. J'ai confondu, sans réflexion préalable, amour, sexe, secrétariat, aide domestique, ressources monétaires. Son départ ne m'a délivré d'aucune manière.

Ma dérive a commencé. Je pensais avoir perdu uniquement l'amour. Les entraves quotidiennes sont apparues. Je manquais d'argent, de sexe, de soins constants. J'acceptais des contrats, travaillais avec rapidité, prenais des risques, trichais sur les heures, défendais une mauvaise qualité de texte. Je dégringolais. J'ai changé d'adresse plusieurs fois. Je vivais dans les boîtes. J'ai payé mes dettes et perdu mes contrats. On m'a remercié. Les agences ne voulaient plus de mes services. Mes logements loués étaient chaque fois plus petits et moins chers. Je me débarrassais des meubles, me disais que je les remplacerais par du neuf. Je n'ai pas eu l'occasion d'acheter une seule pièce de mobilier. Ma

---

4. L'Académie des Lettres du Québec, fondée en 1944.

situation s'est stabilisée, je ne possédais plus rien. J'ai mon corps, mon intelligence, mes livres et mes réussites. J'ai une œuvre, je peux mourir apaisé, mourir tranquille, comme dit le bourgeois. Je vis ainsi depuis trop longtemps, sans avoir le goût de me donner la mort. Le juge est un bourgeois, je n'ai nul désir de sa commisération. Il sera impossible pour moi de défendre ma vie.

— Je vous défendrai. Parlez de votre éditeur.

Cela ne sert pas de dire qui il est. Vous savez ce qui s'est passé. Vous ne l'avez pas encore rencontré. Il vous paraîtra un homme très bien, très digne, capable de défendre son point de vue, de ne pas empiéter sur les droits d'autrui. Il sera poli à l'excès, obséquieux, il gardera ses distances en paroles et dans sa gestuelle. Il sera bien vêtu, déférent, ne fera aucune erreur. Je paraîtrai incongru, incapable d'écoute. Un loser. Je ferai tout pour m'exprimer. Je désire répondre aux questions, les vôtres et celles de l'avocat Benoist. L'éditeur m'empêche d'écrire. Vous ne pouvez pas savoir ce que c'est que d'être empêché d'écrire. Je ne vous reproche pas de l'ignorer. J'essaie de me mettre à votre place, ce que je ne dois faire d'aucune façon. Aucune animosité contre vous, là n'est pas la question. Le respect de l'acte d'écrire n'existe pas dans nos vies. Aussi un éditeur se permet-il de refuser son écoute et de s'approprier votre œuvre. Si l'éditeur agit ainsi, comment demander à quiconque d'avoir une autre attitude ? Le procédé de l'éditeur doit avoir un nom. Je n'en sais rien. Je ne suis pas féru de psychologie. Cet homme m'enferme dans sa logique. Je suis encagé par l'impossibilité de chercher une issue. Le procédé simple est infaillible. Victor Gill prévient les ripostes, il anticipe les questions et les réponses, les énonce. Je suis soumis à sa façon de penser. Il certifie et démontre que ses propositions sont bonnes pour moi, servent mes intérêts, si bien qu'un refus s'apparente à de l'irrationalité, pire, au désordre mental. Il répète qu'il est logique, qu'il perçoit les dysfonctionnements mentaux, avec une intelligence hors du commun, c'est son mot.

Je n'ai pas eu une seule conversation sans qu'il n'arrive à me mettre en garde contre la folie. Il juge constamment avec ce critère : ceci est raisonnable, ceci est dément ou déraisonnable.

Il m'avise contre moi-même, dit-il, contre ma fatuité, ma paranoïa, mes tendances destructrices. Il assure que si je réfléchis en toute objectivité, j'en viendrai à ses conclusions. Se donnant les questions et les réponses, il m'encercle par ses raisonnements.

Vous n'arriverez pas à déstabiliser ce personnage qui n'apprécie ni les écrivains ni la littérature. Il a réponse à tout. Je ne serais pas étonné qu'il ait par-devers lui des feuilles où sont écrites les questions et les réponses préparées avec son avocat. Vous m'avez dit que les juges n'acceptent pas cette façon de faire. Il l'aura fait, sachant qu'il ne doit pas le faire.

Il affirme connaître la loi, les limites de ce qui est permis ou non. Il calcule constamment. Il peut faire ceci, il le fait jusqu'au bout, selon les codes. Vous verrez, vous ne parviendrez pas à le prendre en défaut.

Ne croyez pas que je le craigne d'aucune manière. Le procès qui se tiendra devrait être passé depuis longtemps. Je devrais avoir réintégré une vie décente, ce qui n'a pas eu lieu. Ma vie s'est arrêtée lorsque j'ai pris la décision de poursuivre. Rien ne peut rendre les années perdues. J'aurai une compensation monétaire, mais le temps a été suspendu, mon existence s'est détériorée. Mes propos deviennent abstraits, trop généraux, je me tais.

Je ne doute pas que vous ayez gagné chacun de vos procès, dit Me Benoist à Victor Gill. Vous chérissez la discrétion. Votre intégrité vous honore, vous a assuré la réussite, la victoire méritée. D'après ce que vous dites, au Québec il n'y a jamais eu de litige entre un auteur et son éditeur. Si j'interprète la situation, l'écrivain a la faveur du public. Il aura donc celle du juge. Bien que ce soit vous, la victime, vous qui soyez lésé, spolié, comme vous le répétez. Il faut vous défendre depuis votre position de dominant. Le milieu littéraire est méconnu. Vous dites que ce sont des purs, des idéalistes qui se vouent au monde du livre. Les rétributions sont symboliques plutôt que financières. Nous pouvons décider que peu importe l'issue de l'affaire, nous refuserons toute forme de publicité à la suite du procès. Cette histoire ne devra être connue d'aucune manière. Il faut signer une entente de confidentialité. Nous proscrirons la publicité future, quelle que soit l'issue de l'affaire. Vous n'avez rien à y gagner, ce qui n'est pas le cas du demandeur. Aucun journaliste ne s'est intéressé à la cause il y a dix ans. Aucun ne s'est manifesté maintenant. Il faut supprimer les tentatives d'intérêt pour ce qui nous occupe. Nous ne sommes ni en France ni aux États-Unis : la littérature ici vaut pour un public restreint. L'objet de la cause apparaîtrait futile au grand public.

Victor Gill le confirme, sa modestie, son honnêteté foncière ne souffriraient d'aucune publicité. Il entend recouvrer la paix et l'anonymat bientôt.

Vous l'avez affirmé et réaffirmé, si bien que je vous crois, dit l'avocat, vous êtes la véritable victime de cette machination entièrement fabulée par un cerveau malade, selon votre expression. Même si nous réussissons à le prouver, ce ne sera pas suffisant. Devant la société, vous êtes la figure dominante, si l'on veut. Il vous faut accepter et endosser cette posture, passer outre ce que vous appelez vos principes et démontrer la malhonnêteté de cet auteur. L'écrivain ment dans ses allégations, il continuera de mentir. Vous avez le sens de la justice. Vous n'avez tenté à aucun moment de profiter de votre autorité, de la position que vous occupez. Vous avez respecté votre part du contrat et votre signature.

Je vous confie un élément nouveau, cet écrivain est un mythomane, dit l'éditeur. Claude Lanthier s'est inventé un universitaire qui m'a écrit pour faire son éloge. J'ai reçu des lettres signées par le personnage fictif, ainsi qu'un long document présenté à la manière d'une étude critique de son œuvre.

Claude Lanthier a imaginé un universitaire pour définir ce qu'il est comme écrivain. Il désire plus que tout ne pas être oublié. Le personnage, un professeur accompli, digne de foi, situe *Le batailleur* parmi les grandes œuvres et souligne son influence pérenne. Il y a dans ces pages un grand éloge de la jeunesse. Il était en effet très jeune lorsqu'il a écrit son premier livre. L'essayiste suppose du génie au jeune homme dont on ignore les antécédents, le lieu de naissance, la formation. Le chef-d'œuvre capital, à l'origine d'un courant littéraire, d'une modernité accomplie et affranchie des traditions, demeure une référence obligée.

Ces pages sont écrites à la manière d'un essai fulgurant, surexcité, qui prend la forme d'une autobiographie d'écrivain.

Je devine les gens, je suis très intuitif. À la lecture, le texte offre un rare cas de mythomanie, de narcissisme délirant sous couvert de savoir professoral.

Dans l'opuscule, l'écrivain est perçu comme un modèle qui a influencé les écrivains de sa génération et de la relève. Son influence a pris de l'expansion et s'exerce sur la littérature française aussi.

L'auteur voulait que je publie cet écrit rédigé par lui-même à la manière d'un essai universitaire. J'ai protesté, j'ai refusé. Il y a dans ces lignes de grands éléments problématiques. Le public peut être cruel envers ceux qui écrivent. Je désirais protéger l'auteur contre lui-même. Cet homme grandomane est masochiste et suicidaire. Ses motivations sont limpides, il veut m'entraîner dans sa chute, la poursuite en est la preuve.

Claude Lanthier a écrit sur le retour à la terre, le renouveau spirituel par la conscience tellurique. Je ne suis pas familier de ce monde, je suis jovial et optimiste, d'humeur égale, tel que vous me voyez. Il n'empêche que je sais reconnaître les pathologies. Ayant fréquenté divers groupes et milieux sociaux, je dois avouer que les écrivains sont des gens insatiables. Si je n'apprécie guère les généralités, cette fois, j'affirme avoir vérifié mon affirmation à maintes reprises.

Dire directement, choisir un style direct serait la manière contemporaine, actuelle d'aborder les faits. Je réprouve cela. Je pense par catégories, j'échafaude des éléments de théories, de psychologie notamment. Je perçois les écrivains comme une catégorie. Pour les avoir approchés de très près, je discerne chez eux des déficiences majeures en comparaison avec d'autres groupes de la population, les gens de commerce, par exemple. Dès ma jeunesse, j'ai désiré être parmi ceux qui écrivent. Je peux affirmer que plusieurs ne m'acceptent pas.

Il y a des gens du milieu littéraire qui ne me blairent pas. Un écrivain m'a rapporté qu'un personnage important, dont je tairai le nom, a déclaré que je suis un homme de ressentiment. Je sais qu'il est habituel, d'usage de porter des jugements sévères ou négatifs sur les acteurs les plus visibles du monde du livre.

Je n'ai pas la possibilité de m'employer à résoudre l'énigme, si c'en est une. Je vais de l'avant, j'anticipe l'avenir. Je n'ai pas le temps de vivre le ressentiment. Mes contemporains manquent de vision, j'en ai la certitude.

Je ne dirai pas que je suis rejeté, au risque de ressembler au demandeur. Lors de procès antérieurs, j'ai dû me défendre contre des gens de mon milieu, ce qui prouve que je ne suis pas du même monde. Je n'ai jamais attaqué personne. Je me promets de ne jamais le faire. Il y a quelque chose de bas, de pourri dans le fait de judiciariser un événement, une blessure personnelle et symbolique, voire un incident.

L'auteur aurait pu me parler calmement, sans agressivité et sans peur, de façon rationnelle, du tort que lui causait la publication de son roman librement réécrit, hors de toute intervention de ma part. Lui-même a choisi de réécrire entièrement l'œuvre originale, son chef-d'œuvre. Je ne pouvais douter qu'il s'en repentirait, qu'il ne reconnaîtrait plus son livre, chercherait à le retirer du marché, le renierait jusqu'à me faire un procès. L'auteur l'a réécrit de son plein gré, avec enthousiasme, je m'en souviens comme d'une évidence. Tout était clair lorsqu'il m'a remis son manuscrit final portant la mention *Nouvelle édition définitive, revue, corrigée, augmentée et remaniée.* J'ai lu le nouveau manuscrit, je reconnaissais l'histoire, les personnages, les événements, la langue, le style. Je l'ai appelé pour le féliciter, anticiper un futur succès. Claude Lanthier n'a pas protesté quand j'ai commencé la production du livre. Il paraissait tranquille. Je n'ai pas vu comment s'est opéré le changement, sur quels objets, sur quels fondements.

Je peux justifier, s'il le faut, l'entièreté de mes paroles. Ceci est mon souci premier, le plus fondamental. Je suis un homme d'ordre et de clarté, bien disposé à l'égard d'autrui.

S'il était venu me voir avant l'envoi de sa lettre par l'huissier, voici ce que je lui aurais dit. Je suis un éditeur avec qui il est possible de s'entendre, le seul qui ait mon éthique et ma façon d'agir. Je ne demande pas mieux, je suis disponible. Ma porte est largement ouverte, n'importe quand. Je dois vous dire, en toute équité, que vous avez bénéficié de mon écoute, de mes largesses, que vous n'auriez pu rencontrer mieux ailleurs, chez aucun autre éditeur. Ce que j'offre à mes auteurs est inconditionnel. Vous n'êtes pas satisfait, tentons d'en arriver à une solution équitable pour vous, équitable pour moi.

Je suis un homme distingué, mesuré, qui a de la personnalité, ce qui n'est pas commun parmi mes contemporains. Je suis apte à composer avec mes compatriotes.

Vous, vous voulez que mon distributeur reprenne les livres en circulation, que je les détruise ainsi que les stocks en entrepôt. Vous voulez revenir à la situation antérieure à la publication du livre.

Moi-même, je suis satisfait de l'entente que nous avons eue. C'est vous qui avez tout décidé de la réécriture, de la marche à suivre. Vous ne pouvez affirmer le contraire. Je vous dis que vous n'auriez pu trouver mieux que moi pour combler vos exigences. Avec ma libéralité ordinaire, j'accepte vos doléances et vos récriminations. Il vous faut préciser ce que nous devons faire maintenant. Il est entendu que j'ai pris les risques jusqu'ici. Vous devez prendre votre part des décisions à venir.

Ma conduite est juste. Je cherche partout l'impartialité dans mes relations.

Prenez une décision. Je m'adresse à votre rationalité et à votre sens de la justice. Vous avez sûrement une solution possible qui nous arrange l'un et l'autre. Vous avez été libre dès le début. Je ne connais personne de plus libre que chacun de mes auteurs, dont vous êtes l'un des plus talentueux. Vous avez l'exclusivité de mon attention quant à vos *desiderata*.

Je subis les dommages. Avec laquelle de mes décisions puis-je dire que je ne suis pas d'accord ? Avec aucune. J'ai agi comme un homme réfléchi, ce qui m'est habituel.

Je lui aurais parlé de mon ouverture : le mot est devenu un concept que mes contemporains affectionnent tant.

Le procès va débuter. Les dossiers sont préparés, les protagonistes sont prêts. Chacun prend place.

Le juge David accorde la parole à Me Vinet. L'écrivain prête serment et jure de dire la vérité. L'avocat demande à son client de s'identifier. Il dit s'appeler Claude Gregory Jones Lanthier. L'avocat redemande son nom, le client s'exécute. L'avocat précise qu'il ne demande que son nom usuel, l'écrivain insiste : Claude Gregory Jones Lanthier. Me Vinet établit le nom de Claude Lanthier, celui qui apparaît sur vos publications, sous lequel vous êtes enregistré à la cour, celui qui est inscrit sur l'ensemble des documents juridiques. Le client répond que Claude Lanthier est un diminutif de Claude Gregory Jones Lanthier. Puisqu'il est sous serment, il doit donner son nom en entier. Il se tait. Me Vinet dit que son client se présente devant la cour, est représenté par son procureur et témoigne sous son nom usuel Claude Lanthier, également son nom d'auteur. L'avocat affirme qu'il adresse ses envois au domicile de son client au nom de Claude Lanthier. Il vérifie avec l'écrivain son lieu de résidence. Il est interrompu par le juge David qui exige des précisions au sujet du nom et de l'identité du plaignant. Les documents qu'il a par-devers lui portent le nom de Claude Lanthier. Le juge David souligne à son tour l'adresse, qui est la même. L'identité du demandeur doit être établie. Il veut que l'avocat Vinet démontre de quelle façon il a consigné l'identité du demandeur, sur quels documents officiels, sur quelles pièces justificatives.

La déclaration de l'avocat est insuffisante. Le juge commande la vérification du nom du demandeur. L'audience suspendue devra reprendre en après-midi.

L'écrivain crée une diversion retardant le début du procès. Pour mille et un motifs, il faut user de patience, chacun est appelé à prendre le temps nécessaire, cette fois, à l'établissement du nom. Les prémisses identificatoires sont essentielles.

•

Me Vinet est avide de prendre son envol afin de déconcerter la partie adverse. Il est immobilisé et fanfaronne. Tout le monde a des noms qui ne sont pas d'usage courant. Les gens ne portent pas leurs noms entiers dans la vie quotidienne. L'auteur est un personnage excentrique. L'avocat est indifférent. Il a mal enregistré le nom légal de son client. Il ne voit pas d'inconvénients à la requête du juge. Le mystère, s'il y en a un, s'éclaircira auprès de l'écrivain. En revanche, la totalité des documents concordent : le prénom, le patronyme et l'adresse civique sont les mêmes sur chacun.

L'interrogatoire va recommencer sur l'identité réelle de l'écrivain. Maintenant que l'auteur affirme se nommer Claude Gregory Jones Lanthier, il faut le prouver. Une carte d'identité récente comprenant ce nom et l'adresse domiciliaire le confirme. L'avocat, qui ne l'a jamais interrogé sur l'usage d'un nom différent, ne perçoit qu'une incongruité nouvelle, un motif de diversion. Il a été ralenti, obligé de contenir sa fougue. Il est diverti de se voir déconcentré.

L'écrivain a décidé de masquer son nom trop connu. Il a enregistré à l'état civil un deuxième nom, anglais cette fois, comprenant un prénom et un patronyme.

L'avocat Vinet prend l'incident avec une indifférence fataliste. Un client comme le sien a droit à des écarts de conduite. Il ne s'en offusque pas, ne se reproche pas d'avoir négligé de vérifier l'identité légale. Il a vu des photos anciennes et récentes, la graphie du nom ne variait pas dans les journaux. Il n'y avait pas d'erreur possible sur la personne, le personnage privé et le personnage public. Claude Lanthier a été une figure connue de la littérature, il l'est moins depuis qu'il a cessé d'écrire. Une situation sociale semblable à celle de plusieurs artistes. La célébrité s'effrite avec le temps.

L'audience a été retardée.

Le lendemain, en matinée, Me Vinet interroge son client. La cause porte sur une affaire morale et sociale, l'écrivain est le maître de son œuvre, le seul apte à désigner l'œuvre originale, à la distinguer de sa contrefaçon. Il affirme que la reconnaissance de ce principe est essentielle en regard de sa démonstration à venir. Ainsi débutent les formulations emphatiques qui font la réputation de l'avocat.

Claude Lanthier le regarde droit dans les yeux. Il est impossible de savoir s'il est favorable au propos. Me Vinet, qui l'y a préparé, a maintes fois répété : vous me suivrez. J'ai compris le litige, disait-il, vous saisirez que je suis comme vous, que je vous ressemble, l'orthodoxie ne m'intéresse pas. Il faut inventer sur place, dans l'instant présent.

L'avocat porte sa toge tachée sur un ventre proéminent. Il ouvre et ferme les bras, modulant l'usage de sa parole. À l'étroit dans sa chemise et son pantalon, selon l'ampleur des gestes, un ventre se dessine et disparaît dans la toge. Sa tenue est négligée devant un client qui l'est encore plus. L'écrivain porte une chemise à carreaux informe, mais propre. Il ressemble à un quidam, un anonyme circulant dans un quartier populaire. Sa coiffure soignée a perdu son lustre d'autrefois. Il a déposé sa veste de cuir noir sur son siège au moment d'être appelé à la barre.

Me Vinet l'a décidé, cette affaire l'enthousiasme et lui rappelle tant de rêveries passées. Il défend l'auteur comme s'il était l'auteur lui-même. Il suggère que l'écrivain, grâce à son imagination, se meut dans un monde parallèle et crée des univers inédits. Ceux-ci sont en rupture avec la réalité telle qu'elle existe et se vit au jour le jour. Par ses facultés intellectuelles, il crée un ailleurs, hors des réalités ordinaires à la portée de tous. Il s'approche d'un absolu et découvre des univers fictifs.

Si la cour ne peut saisir les motivations qui animent un écrivain, elle ne peut saisir la présente cause. Mon client habite un univers fantasmatique et fantasmagorique. Je n'expliquerai pas ici le chef-d'œuvre qui fait l'objet du litige. Vous pardonnerez ce qui peut sembler une affirmation arrogante, la cour ne peut comprendre ce qu'est une œuvre littéraire. Ce n'est pas tant à cause de son incompétence, plutôt parce que nous baignons dans la réalité. Je vous demande de tenir compte de cette prémisse. Je défendrai ceci : mon client, l'écrivain, est le propriétaire de son œuvre. Vous vous rappelez la philosophie classique, le dualisme entre la matière et l'esprit. Mon client appartient comme nous tous à l'ordre de la réalité matérielle tandis que son œuvre relève de l'esprit exclusivement. Comme auteur, il a créé un objet spirituel inentamable légalement. À ce titre, l'auteur et l'œuvre ne font qu'un. Ceci est le préambule visant à éclairer la cour de mes objectifs. Je prends le risque, au nom d'une affaire judiciaire exceptionnelle, d'annoncer jusqu'où je défendrai mon client. Claude Gregory Jones Lanthier exige que l'édition de 1994 soit entièrement détruite, que les livres déposés et mis en vente dans les librairies, de même que les stocks des entrepôts soient retirés de la circulation et fassent l'objet d'un pilonnage. L'écrivain réclame la somme de ________ en dommages et intérêts à Victor Gill, éditeur et propriétaire des éditions ________________ situées rue ________________, à Montréal.

L'avocat Vinet brandit un exemplaire de l'édition originale du *Batailleur*. Il avance d'un pas, déclare que la communauté littéraire et l'institution universitaire ont décrété que cette œuvre unique, novatrice, correspond aux critères des grands livres, des chefs-d'œuvre. Cela n'a pas été démenti depuis sa parution. L'unicité de ce roman l'élève au rang d'objet historique, ce qui assure sa pérennité.

Vous avez, à mes côtés, un personnage de l'histoire littéraire qui souffre en raison d'un méfait public pour lequel il demande réparation et compensation. Monsieur Claude Lanthier est un authentique écrivain reconnu par les manuels d'enseignement et par les anthologies. Regardez-le. Nous sommes ici devant le tribunal d'une société démocratique. Traduit au cinéma, son drame personnel serait pathétique : un homme qui a tant donné de son génie est réduit à l'aide sociale, une conséquence matérielle de la destruction de son œuvre. Vous le savez comme moi : s'il n'obtient pas une juste réparation, un destin semblable se termine de manière désastreuse. Heureusement, il ne s'agit pas ici d'une fiction. Je fais appel à la bonne volonté, à l'humanité de la cour. Je sais que mon collègue, l'avocat Benoist, compte s'en tenir aux faits, uniquement aux faits. Il connaît des principes légaux, écrits et non écrits, j'en appelle aussi à son humanisme, la vérité universelle qui rassemble tous les hommes.

L'avocat Vinet se démène. Il tend les bras. Ses cheveux hirsutes, très fins, forment une auréole autour de son visage rond. Il porte de grosses lunettes démodées. Des bruissements d'impatience se font entendre. Nous arrivons aux faits, dit-il. Le livre de poche publié en 1994 n'est pas conforme à l'œuvre originale écrite par Claude Lanthier. Il s'agit d'un faux. Mon client a consenti à une publication en poche de son roman original.

Me Vinet questionne l'auteur. Les réponses sont laconiques. Claude Lanthier a en mains les deux éditions de son roman, l'original et le livre de poche. Il se rappelle une seule visite chez l'éditeur.

Son procureur demande ce qui s'est passé ce jour-là au bureau des éditions. Claude Lanthier dit avoir remis sa copie signée du contrat. Le contrat stipulait que l'éditeur avait un an pour publier le livre de poche.

Quelques mois plus tard, il a reçu les épreuves révisées par un correcteur dont il ignore le nom. Les modifications apportées à son roman étaient si nombreuses qu'il a retenu les épreuves chez lui.

Claude Lanthier dit qu'il a eu un appel de Victor Gill. L'éditeur, dont la politesse et le savoir-vivre sont légendaires, s'informe des épreuves que l'écrivain doit lui remettre. L'auteur donne la seule raison possible, celle qui apparaît sur la mise en demeure livrée au domicile de Victor Gill ; les changements sur les épreuves sont si nombreux qu'il ne reconnaît plus son roman original. Aucune page ne reprend textuellement ce qu'il a écrit et publié trente-cinq ans auparavant. Ce n'est pas son œuvre. L'interrogatoire commence à propos des changements que l'auteur appelle des modifications majeures. Claude Lanthier se réfère à des exemples tirés des premières pages de l'original. Il lit les mêmes passages remaniés dans l'édition de poche. L'auteur compare les extraits modifiés.

Me Vinet demande quelles étaient les explications de monsieur Gill.

— Victor Gill affirmait qu'il s'agissait textuellement du nouveau manuscrit que je lui ai rendu l'année d'avant.

— D'après vous, pourquoi a-t-il modifié vos phrases jusqu'à les rendre méconnaissables ?

Me Benoist signifie son opposition. Le juge David exige une réponse précise. Claude Lanthier dit qu'un roman plus volumineux est un meilleur vendeur.

L'auteur poursuit, il raconte ce qui s'est passé avant la publication. Il a reçu plusieurs appels de la part de monsieur Gill qui le pressait de remettre les épreuves corrigées.

J'exigeais la prolongation des délais. L'éditeur disait que les délais étaient largement dépassés, en regard des dates convenues au contrat, il énumérait les suppléments de temps qu'il m'avait accordés. Constamment, il discutait de ses libéralités, de ses bontés, de ses largesses. Il avait, disait-il, des engagements financiers auprès de la banque, de ses fournisseurs, il avait des obligations, devait s'y tenir. Ses arguments ne rencontraient aucun des miens. Il a fini par me menacer. L'imprimeur produirait le livre. Le plus souvent, je l'ai laissé parler, argumenter librement. Je n'intervenais pas. Je percevais qu'il me dépossédait de mon ouvrage, alors j'ai ordonné qu'il attende. J'allais trouver une solution.

Je perdais le sommeil, j'étais anxieux. Les appels que je recevais presque quotidiennement, je ne les retournais pas. J'écoutais les messages au cours de la soirée, lorsque les bureaux étaient fermés et qu'il n'était plus temps de rappeler. L'insomnie me désorientait. Je n'arrivais pas à réfléchir. Il fallait une solution praticable. L'idée de la chercher s'amenuisait, me fuyait. L'approche de l'éditeur ressemblait à du harcèlement. Je me perdais. J'étais l'objet de sa violence morale, je ne savais pas comment me défendre. S'il osait passer à l'acte malgré mes refus réitérés, je lui intenterais un procès. Avant la parution du livre, je me promettais déjà de prendre l'offensive, de le mener en cour. Les messages de Victor Gill n'étaient que plaintes et récriminations. Il ne désirait pas acheminer le manuscrit à l'imprimerie avant de m'avoir parlé. Il déplorait mon silence, mon absence de collaboration après ce qu'il avait fait en ma faveur. Les choses ne pouvaient aller à sens unique, il fallait un retour. Il se qualifiait de perdant, ce qui lui était égal, ajoutait-il. Il ne pensait qu'à moi, ne voyait pas ce que j'avais à gagner si je refusais la publication. Je n'ai jamais répondu. L'éditeur possède une volonté puissante. D'aucune manière je n'arrivais à présenter mon point de vue.

La situation était sordide, deux volontés s'affrontaient. L'éditeur parlait finances, dépenses, misère économique. Il n'avait aucune marge à la banque.

Jusqu'ici, d'après ce qu'il prétendait dans sa démonstration, j'étais le seul bénéficiaire. Son investissement nécessitait des bénéfices. Publier un livre était toujours un risque à prendre, disait-il. Il dénigrait les autres éditeurs, il se percevait comme un pur qui défendait la littérature. Je parlais de phrases, de paragraphes, de récit romanesque, il rétorquait avec ses heures de travail, les sommes engagées, la totalité des dépenses passées et à venir.

L'avocat de la défense, Me Benoist, proteste contre des opinions et des commentaires subjectifs. Claude Lanthier s'égare, son témoignage est une interprétation. Le juge David s'impatiente et se tourne vers Me Vinet.

Notre client affirme dans notre requête, dit l'avocat, que l'éditeur n'a pas fait imprimer le vrai, l'authentique manuscrit. Nous avons présenté des pages, plaçant en vis-à-vis les pages originales reconnues par l'auteur et les pages trafiquées de l'édition de poche. Nous avons demandé à la cour de lire le roman original en regard du livre de poche, daté de 1994. L'auteur rejette sans autres considérations, pour son honneur, la véracité et l'exactitude de son œuvre, cette édition qui falsifie son roman.

La rareté d'une telle œuvre réussie, inventive à tous les niveaux de la narration, du style, est un sommet et l'œuvre ne saurait être retouchée sans qu'il en résulte un grave préjudice. Le livre et l'auteur se sont hissés parmi les gagnants d'une époque. Ce qu'il y a d'exceptionnel, c'est que l'histoire fabuleuse de ce succès s'est perpétuée jusqu'à maintenant. L'éditeur se sabote ainsi que sa maison d'édition, en contrefaisant l'ouvrage.

Claude Lanthier n'a pu écrire un seul livre après cette publication falsifiée qui a tué l'objet d'exception garantissant des émoluments et des privilèges.

L'avocat brandit le livre de poche, l'objet du litige. Il déclare : ceci est un faux, un objet monstrueux.

L'avocat Benoist interroge Claude Lanthier le lendemain. Une nouvelle demande d'identification ouvre le contre-interrogatoire. Claude Gregory Jones Lanthier décline son identité. Me Benoist demande des précisions, le nom à la naissance, le nom actuel au registre civil, le nom d'auteur apparaissant à la page titre du roman. L'écrivain répond à voix basse, comme s'il parlait de quelqu'un d'autre, un tiers qu'il doit représenter.

L'homme porte une chemise à carreaux différente. Sa chevelure grisonnante est soignée. Sa veste de cuir noir est sur son siège.

L'avocat demande s'il peut l'appeler Claude Lanthier. La réponse est inaudible. L'interrogatoire débute par les rencontres chez l'éditeur. Claude Lanthier se rappelle d'une seule visite au bureau des éditions. Sa parole marque l'indifférence, il ne sait pas, il n'a pas noté les dates et les heures. Il n'a jamais téléphoné. La mémoire lui revient. Victor Gill a proposé une publication du *Batailleur* en livre de poche. Il m'a sollicité par téléphone, dit-il. Plus tard, sans me prévenir, il a enclenché le processus d'édition d'un ouvrage qui n'a rien à voir avec mon œuvre.

Les questions de Me Benoist sont brèves, il veut des faits. L'homme éteint n'a le souvenir d'aucun événement particulier. Il soutient que Victor Gill parlait longuement, abondamment de la réédition du roman. L'écrivain pourrait décrire le ton, l'accent singulier de l'éditeur, l'enthousiasme du discours, sans pour autant se remémorer les nombreux détails du projet. L'écrivain déclare qu'il n'a rien vu, qu'il ne sait rien de ce qui s'est tramé à son insu, contre lui.

Me Benoist proteste. Il présente par le menu détail les appels téléphoniques et les rencontres qui ont conduit à la nouvelle parution. Il n'interprète pas, il énonce. Il spécifie, il énumère, précise ce qui s'est passé. Me Vinet l'interrompt, l'avocat du défendeur doit procéder par un questionnement, s'il le faut, sur chacune des particularités ou des occurrences. Me Vinet continue et signifie qu'il ne s'agit pas d'interrogations, plutôt d'affirmations. Le demandeur n'intervient pas. À cette heure, il se rappelle la phrase de Me Vinet : vous me suivrez. Son avocat affronte Me Benoist, il réclame que celui-ci procède autrement. Me Vinet talonne Me Benoist, phrase après phrase, oppose une objection plusieurs fois d'affilée. Le juge David intervient au moment où le ton commence à monter, le souffle à changer de rythme sans pour autant qu'un mot vulgaire ou insultant ne se dise. Le visage de Me Vinet rougit. Il postillonne, il mord dans chaque syllabe, montre ses larges dents. Me Benoist n'est pas ému. Il attend une intervention du juge David devant ce qui ressemble à une attitude ancienne, dépassée, réprouvée textuellement par la déontologie du Barreau. Le juge David dit : Continuez, Me Benoist, il est nécessaire d'ajouter à l'interrogatoire puisque cette cause peut faire l'objet d'un appel.

Les affirmations factuelles de Me Benoist débutent par « est-ce que » ou par « n'est-ce pas que », et portent une attention notable à ne pas suggérer une réponse. Ou alors il termine sa proposition par une marque vocale interrogative classique, en mettant une inflexion sur la dernière syllabe.

Claude Lanthier ne parle plus. Il hausse les épaules, rumine entre les lèvres, fixe le mur nu, semble absent et désintéressé par ce qui se passe. Son indifférence persiste à l'heure où il doit se défendre.

Me Benoist presse l'écrivain de convenir qu'il a signé le contrat. Claude Lanthier refuse de reconnaître sa signature. Il n'accepte ni ne tient pour vrai le contrat présenté par Victor Gill. Il rejette la publication de son livre *Le batailleur*.

Me Benoist insiste, Claude Lanthier a paraphé le contrat pour une édition en livre de poche. L'auteur répète, l'ouvrage publié n'est pas son roman original. Me Benoist, constamment poli, courtois, disposé à continuer, ne varie pas sa question, la signature de Claude Lanthier apparaît au contrat. L'avocat entend obtenir une réponse conforme à ce qui est sur le document légal cosigné par les contractants. Claude Lanthier porte son regard au plafond. Sa voix s'amenuise, ses murmures ne sont plus entendus.

Le juge David donne la parole au demandeur qui doit se rendre davantage explicite. Selon l'écrivain, la publication de ce livre de poche constitue une fraude. Il admet avoir remis un manuscrit titré *Le batailleur*, différent de l'ouvrage connu, le classique de la littérature québécoise portant le même titre. Claude Lanthier confirme avoir remis une autre version de son roman, en vue d'un nouveau livre portant le même titre et un sous-titre, afin d'éviter toute confusion.

Me Benoist reprend : Claude Lanthier a réécrit de nombreux passages de son roman original et déposé ce manuscrit chez l'éditeur. Un questionnement s'engage sur l'authenticité de ce manuscrit. Claude Lanthier doit répéter qu'il est l'auteur de la réécriture. Il confirme avoir remis une œuvre en cours, inachevée, portant le même titre et accompagnée d'un sous-titre, pour la distinguer de l'originale. Il réclamait un second contrat pour ce nouveau manuscrit. Il déclare que la présente publication est frauduleuse à son égard et à celui du public, puisque deux romans différents circulent sous le titre original.

L'identification de l'éditeur Victor Gill a lieu le matin du troisième jour. L'homme chauve au teint gris se tient droit, il porte une veste de tweed avec une chemise et une cravate bleues. Il est soigné, sûr de lui, calme, regarde son procureur. L'avocat Benoist porte une toge impeccable.

Victor Gill dépose des feuilles devant lui. L'interrogatoire débute de façon formelle sur ses qualités d'éditeur, son expérience, ses méthodes de travail, les qualifications requises pour l'exercice de son art, les buts et les finalités de la maison qu'il dirige. Le portrait dressé met en lumière le professionnalisme de monsieur Gill, qui insiste sur son code d'éthique. Ses pratiques vont toujours au-delà de ce qui est habituel et courant.

Il prononce des phrases qui vont en ce sens. Personne ne peut dire que je lui dois un seul sou. Je ne retarde jamais la lecture des manuscrits. S'il le faut, j'y passe la nuit entière et me prive de sommeil. Je suis à l'écoute des auteurs, y compris de ceux qui m'appellent vingt fois par jour. Ma maison d'édition est grande, une maison prestigieuse où tous veulent publier. Je suis honoré d'en être à la barre, à la direction. Je suis l'homme qu'il faut pour la développer. Je suis jeune encore, les années à venir vont confirmer mes orientations actuelles. L'époque exige que nous soyons tous des gagnants. Ceci me réconforte. Il faut des précisions. Je suis à la recherche de détails qui le prouvent, des plus minimes aux plus grands. J'ai énuméré sur ce document lesdites orientations et chacune de mes réussites. Je suis un homme qui fait des gains moraux et intellectuels chaque jour. Je demande à la cour, Votre Seigneurie, de bien vouloir recevoir ces pages dénombrant mes mérites.

Victor Gill prononce ses mots lentement, il appuie sur certaines syllabes. Ses paroles se font solennelles et sentencieuses. Ce qu'il déclare, il l'énonce avec fermeté, formule une idée à la fois, bâtit un discours pour illustrer sa défense. Le doute ne l'atteint pas. Les certitudes de l'éditeur sont réfléchies, portées à distance. Son expérience est essentiellement doublée de certitudes. Son attitude soutient ce qu'il sait être. Un homme parfait, insinue-t-il, ou guidé par le désir de perfection. La solidité de ses affirmations dresse une représentation classique : rigoureux, organisé, sérieux, inébranlable. C'est un roc, une forteresse, il n'est pas né, celui qui pourrait mettre en doute la véracité de ses déclarations.

Il raconte les deux visites de Claude Lanthier à son bureau. Il a les dates, les heures, de même que la durée des rencontres. Le contrat d'édition est l'objet central des rendez-vous. Monsieur Gill évoque le laconisme de Claude Lanthier. Il dit préférer cela au bavardage, soutient que beaucoup d'auteurs ont, selon son expression, un manque à gagner, impossible à combler, si bien que leur verbosité devient assourdissante.

Victor Gill a proposé une édition du chef-d'œuvre, devenu un objet historique, dans sa nouvelle collection de poche. Il a décrit l'élaboration du processus de la production du livre. Il a innové : un auteur peut, s'il le désire, réécrire entièrement l'ouvrage ou le réécrire partiellement ou revoir uniquement des détails mineurs. Le livre de poche publié en porte la mention, par exemple, *entièrement revu par l'auteur*.

L'écrivain a le choix de reprendre son œuvre en profondeur, s'il le souhaite. Il peut aussi laisser le texte tel quel, sans une seule modification. L'éditeur ne s'implique d'aucune manière ni n'intervient en cours de processus. L'auteur est libre devant les options qu'il propose. Victor Gill fait explicitement appel à la liberté de l'écrivain. Les choix exercés par les auteurs relèvent de leurs décisions personnelles.

Victor Gill, rentré à son domicile, éprouve une sensation de fatigue. Il se dévêt, range ses vêtements, se met à l'aise dans des pantoufles, un tricot et un pantalon large. Le dîner est prêt. Il abrège le repas et ne tarde pas à se mettre au travail. La porte de son bureau est fermée. Il ne cache rien à sa compagne. Elle approuve ce qu'il dit sur l'objet du procès. Il ne supporterait pas qu'il en soit autrement. Un appui moral est vital lorsqu'il lutte pour sa survie. Il affirme déployer des ressources intellectuelles hors du commun. Quand elle vient l'embrasser avant de se coucher, sa fébrilité augmente, son cœur bat à tout rompre. Il réaffirme qu'il mène un combat titanesque contre un auteur qu'il n'arrive plus à qualifier. Il exige qu'elle dise bonsoir, bonne nuit, il n'accepterait pas qu'elle oublie. N'empêche qu'elle dérange, ce qu'il ne manque pas de souligner d'une voix essoufflée.

Quand Victor Gill se retrouve seul, la fatigue ne ruine pas sa sérénité, il ne pense à rien, satisfait du jour passé. Il fait le vide sans avoir recours à des méthodes particulières. Il songe à la force de ses convictions, à la combativité de ses répliques.

Il ne craint rien s'il est debout, sur ses pieds. Le monde lui appartient. Il se représente constamment en regard de cette proposition. Ses discussions prennent fin sur un pugilat. Il a le dernier mot, cultive la bagarre avec civilité.

Récemment, il a entendu un père dire à son fils qui fêtait ses dix-huit ans, « Maintenant, le monde t'appartient », une idée fabuleuse qu'il regrette ne pas avoir formulée à ses fils. En revanche, ceux-ci ont reçu l'exemple d'un père qui habite le monde, y déployant une éthique du succès.

Il avait gagné ses procès grâce à son sens de l'organisation. Pour résumer, il dit, sa méthodologie. Son hygiène mentale n'a d'égale que son hygiène physique, y compris son hygiène morale, jusqu'à son hygiène sexuelle. De cela, il entretient son avocat Me Benoist, piégé par son imbroglio conjugal et réduit à des rencontres de bars. Rien de tel que d'avoir chez soi un service sexuel fiable, régulier.

Son savoir-faire ne le trompe pas. Son intuition non plus. Il a développé une intuition sans faille, autant qu'une femme, dit-il. Il ressent du pouvoir sur ce qu'il devine. Il aurait aimé un procès bref d'un ou deux jours. Le procès prendra cinq jours, cela lui est égal à présent.

Il ne va pas se laisser faire. C'est l'expression avec laquelle il enseigne la pugnacité à ses enfants, qu'il professe devant ses subordonnés, une fois sa domination assurée. Victor Gill juge nécessaire de contrôler ses proches, d'avoir une mainmise sur eux pour les soumettre et, du même souffle, réclamer leur combativité. Lui-même doit s'armer pour combattre.

Les documents sont sur la table de travail. Il range une partie des dossiers, ceux qui ont servi le jour même, et remet dans sa serviette ceux dont il fera usage le surlendemain. Il entend revoir jusqu'à minuit ou après, la matière du lendemain. Ensemble, son avocat et lui ont décidé des questions et des réponses. À sa façon, l'éditeur a tout écrit. Le défendeur sait qu'il doit éviter de lire les réponses rédigées en vue de l'interrogatoire. Jusqu'ici, le juge David n'a pas relevé le procédé.

Il va encore se colleter avec le demandeur comme il l'a fait toute la journée. L'autre va regretter sa poursuite, va ravaler son méfait, l'audace de s'en prendre à sa quiétude, à sa loyauté à l'égard des auteurs. Il est un homme raisonnable et tenace dont la carrière est en plein essor. Il sent monter sa colère, le genre d'émotion violente qu'il réprouve, qu'il réprime, punit chez les femmes et les enfants. L'exercice de la maîtrise exige la vigilance et le respect de sa réussite.

L'homme chauve vaincra, il refuse le rôle de perdant. Sa conviction est féroce, aussi extrême que son goût de l'ordre, celui qu'il impose dans sa maison. Sa vie sociale dépend de son inflexibilité, des punitions subtiles qu'il inflige.

Il est au sommet de l'âge, de sa carrière. Il se représente la cour de justice comme un jouet avec des pions à déplacer, selon son bon vouloir.

L'éditeur est à la tête d'une entreprise. Cette chose-là lui appartient. Lorsqu'il a acquis les éditions, un fantasme semblable l'a tellement réconforté qu'il a pris des risques financiers. Il se voit tout-puissant, propriétaire d'un univers mis à sa disposition, le maître chez lui et devant la cour. Il a gagné les procès qu'on lui a faits, il gagnera celui-ci. Son honneur et sa réputation sont en jeu. Les demandeurs se sont tous écrasés devant lui, sa renommée demeure inentamée. Dût-il souffrir, jamais il n'ira en cour contre quelqu'un, un geste bas, une nuisance publique.

Ce soir, il pense à la nécessité de sa réussite, à la maîtrise qu'exige sa dureté, à son mépris à l'égard du poursuivant. Il ne va pas céder. Son intransigeance va croissant avec le temps passé à la barre. C'est cela, être civilisé, tendre à l'opposant une parole piégée et faire valoir ses droits contre les usurpateurs. Victor Gill prétend à la parole généreuse. L'homme faible, le perdant, la représentation donnée des mâles contemporains, ne lui ressemble pas. Il n'est pas un Québécois faiblard et résigné. Il se dit à l'avant-garde, n'a pas le droit de perdre la face. S'il est sociable et transparent, ce qui est relatif à la cour de justice doit rester dans l'ombre, inconnu. Son entreprise d'édition a une face cachée, les décennies à débourser des milliers de dollars en honoraires d'avocat et en frais judiciaires. Il a réussi à gagner doublement.

Il suffit de gagner pour que l'épisode reste caché. Son parcours personnel est truffé de mises en demeure, de huissiers frappant à sa porte. Il déploie un dynamisme fervent d'homme querelleur persuadé que son adversaire est habité par la querelle. Sa figure incarne le bon côté des choses, celle de la victime. Il se persuade de son rôle passif, celui de l'accusé. Devant la cour, il perçoit la nécessité de quitter la passivité. Il a l'obligation de pourfendre son adversaire, de le placer sous sa férule, sa rationalité inflexible, son intelligence au laser, aime-t-il dire. Victor Gill voit à travers ses contemporains, il le suppose tous les jours.

L'éditeur s'abandonne à la détente. Il ouvre ses livres de comptabilité, son geste rituel du soir. Il va signer un chèque pour son avocat. Les heures s'accumulent, les honoraires impayés de même. Le client morcèle la somme due, la fragmente en maigres chiffres, ce qui ne convient pas à Me Benoist. Victor Gill prétend qu'il paie de manière honnête, qu'un montant minime reste un effort considérable pour un éditeur littéraire.

Les audiences vont reprendre. Claude Lanthier ne salue personne. Il est difficile d'interpréter le regard de quelqu'un. Pas de doute, il n'y a rien d'aimable dans ces yeux-là, de la colère rentrée, une insatisfaction puissante. Il prend place près de son avocat, lève la tête vers le plafond. Le juge David fait son entrée. Victor Gill n'a pas terminé son témoignage, il revient à la barre. La voix sèche de l'éditeur reprend le dernier passage lu. Il se recentre face à son avocat, poursuit l'énumération des exemples commencée la veille. Il compare des pages du livre de poche au roman original. L'éditeur entend prouver que le manuscrit réécrit par l'écrivain comporte des milliers de changements.

Devant le juge David, Victor Gill proteste, dit qu'il lit des exemples, qu'il ne peut les apprendre par cœur. Il se justifie, motive son écart tout en pratiquant une politesse cérémonieuse. Monsieur le Juge, bien, Monsieur le Juge. Votre Honneur. Votre Seigneurie. Il ne veut pas offenser la cour, ne se disculpe pas, s'excuse, se défend comme il l'entend. La diversion créée par le juge dure plusieurs minutes et distrait de la suite. Le procureur ouvre le prochain chapitre de l'interrogatoire. Il est temps d'aborder le contrat signé par monsieur Claude Lanthier. Il demande à son client s'il reconnait le contrat signé par lui-même ainsi que par l'auteur présent dans la salle d'audience. Me Benoist souhaite que Victor Gill décrive factuellement la pièce qu'il a entre les mains. L'éditeur nomme les parties au contrat d'édition.

Il fait la lecture de chacune des clauses, précise s'il s'agit d'une convention standardisée apparaissant sur tous les contrats et en distingue les conditions particulières. Victor Gill ne bronche pas, c'est sa façon neutre d'enchaîner la matière. Sa voix creuse répète inlassablement les clauses telles qu'elles sont rédigées. D'aucune façon il ne se hâte. Son procureur et le juge le regardent en train de lire. L'éditeur n'invente pas, il articule chaque syllabe. Me Vinet et son client soupirent de lassitude. Me Vinet cherche à intervenir. Victor Gill prend une voix décidée, n'accélère pas la cadence. Il termine la lecture sur les précisions d'ordre légal, lisant le lieu, la date et les signatures manuscrites, en conformité avec tous les documents ayant force de loi. L'éditeur ajoute qu'il vient de lire l'entièreté du contrat signé conjointement avec Claude Lanthier.

Son procureur l'interroge sur la validité du contrat. Dès la signature, l'ensemble des clauses devient valide. Victor Gill et Me Benoist ont un échange comprenant des oui et des non à propos de l'authentification des signatures. Les questions s'enchaînant avec un haut taux de répétitions, d'affirmations et de négations, le piétinement verbal se poursuit. L'avocat et son client ont eu une préparation fervente. Ils ont le même entendement des choses. L'un est l'autre. Les propos vont jusqu'à la démonstration irréfutable. Claude Lanthier a signé le contrat présenté par les éditions. Il l'a paraphé, apposant ses initiales au bas de chaque page.

•

Me Vinet, agité, gesticule, s'impatiente, réajuste sa toge sur son ventre. Me Benoist dira plus tard que son collègue est un personnage grotesque. La fin de la journée d'audience approche. Me Vinet, qui ne s'est pas exprimé en ce troisième jour du procès, ne peut plus demeurer assis. Il se lève, affligé, paraît souffrir d'épuisement, cherche la posture adéquate. Ce n'est pas son tour de parole. Il sait que l'interrogatoire du défendeur va prendre fin. Le juge David reçoit les nouvelles pièces justificatives. Il fait le point sur les arguments de la défense présentés par Victor Gill et son avocat. Claude Lanthier est assis, il fixe une lézarde au plafond de la salle. Impassible, le désintérêt se lit sur son visage, dans sa posture. Il ne semble plus savoir ce qu'il fait en ce lieu. Son attitude n'a rien d'agressif. L'homme n'a pas de présence. Ce dont chacun a parlé tout le jour ne le concerne pas. Devant autant de nonchalance et de désinvolture, Me Vinet gesticule et fait de l'épate. Le juge David lève la séance jusqu'au lendemain. Me Vinet s'adresse à Me Benoist, il dit que l'interrogatoire de son client était assommant. Il s'est levé avant la fin, la seule façon de rester éveillé et d'être à l'écoute de si nombreuses répétitions. Me Vinet nargue Me Benoist : comment a-t-il permis à son client de si longues démonstrations écrites ?

Me Benoist croit Me Vinet insolent, dépourvu de politesse. Il entend demeurer calme, conserve une posture digne. Il ne doit pas riposter, il ne le fera pas. L'avocat Benoist entraîne l'éditeur dans le corridor. L'un et l'autre cherchent à interpréter les mots très courts du juge, ses attitudes, ses regards. Ils en viennent à la même conclusion : le juge David n'a pas abrégé le témoignage de Victor Gill, un présage positif.

Me Vinet déclare à l'écrivain qu'un procès sur une œuvre littéraire ne peut se résumer aux clauses et aux signatures d'un contrat.

Claude Lanthier prend le métro. Il n'a pas d'intérêt pour ses contemporains, si ce n'est qu'en cette fin de journée, il s'interroge sur le nombre de ses concitoyens en procès. Il se déplace à l'heure d'affluence, un anonyme parmi les autres, en marge des activités des travailleurs. Il est en procès pour de bon. L'idée d'une action judiciaire, née il y a longtemps déjà, ne l'a pas quitté un instant. Il a voulu ce qui se passe. Sa rancœur à l'égard de l'éditeur reste aussi vive.

À la sortie du métro, Claude Lanthier se dirige vers l'arrêt d'autobus. Il se perçoit comme un cas unique, en train de se débattre contre un adversaire. Il lutte et ne veut pas lutter. L'homme contre lequel il a engagé le procès est méprisable. Il ne supporte pas de penser à lui. Il y pense tout le temps, s'épuise à le faire.

Il est supérieur à cet homme. Il ne devrait pas être tenu de s'abaisser à penser cela. L'éditeur a la loi en sa faveur. Un contrat est un contrat. Il l'a signé. Sa signature est lisible. Claude Lanthier est tenu de respecter la loi, la conformité du texte légal. Cet éditeur tape sur lui, le harcèle, le mène à l'exaspération. Il fallait écrire une date.

Qu'est-ce qu'un contrat sans date d'échéance ? L'homme l'étourdissait, l'échéance était venue. Victor Gill le détruisait. L'éditeur cognait, frappait sur lui. Sa faconde le rendait semblable à un objet nuisible. Comment penser avec clarté ? L'auteur ne parvenait plus à réfléchir.

•

Claude Lanthier ne ressent pas la faim, il est fatigué. Ce jour entier, il n'a pas dit un mot, il n'en dira pas davantage jusqu'à la fin. Il n'a pas réfléchi à son témoignage d'hier. Il méprise aussi le processus juridique. Il a été contraint d'y avoir recours. Il n'a aucun goût pour ce qui s'y passe.

L'écrivain se demande pourquoi il va au palais de justice. Tant de lourdeurs, tant de dérangements absurdes. Il suffoque à propos de ce qu'il considère comme des niaiseries, étourdi par les arguments rudimentaires de l'éditeur. L'autobus le mène vers son domicile, le sous-sol humide et bruyant récemment loué qu'il désire quitter.

Il se promet de ne plus habiter de sous-sol. Des fantasmes morbides d'effondrement et d'ensevelissement le saisissent dès qu'il ouvre la porte de l'appartement. Il a déposé la table et les chaises de cuisine dans le renfoncement de la pièce, le lit et la causeuse près d'une table de travail. Il s'enveloppe d'une veste chaude, s'étend sur le lit. Il a installé la table de bois verni sous l'étroite fenêtre horizontale. Le temps est suspendu, il n'ouvre pas le téléviseur.

Victor Gill a des habitudes qu'il a présentées comme des acquis, un savoir-faire, des compétences idéales. Il est un éditeur modèle, il se compare favorablement, avantageusement, aux autres. Tout juste pour cela, pour cette forme d'insolence, Claude Lanthier le trouve insupportable. Ce sont les écrivains qui font l'histoire, ce ne sont pas les éditeurs.

Les avocats le déçoivent. Me Benoist est conventionnel et fait partie de la catégorie d'individus qu'il dénonce depuis son adolescence. Me Benoist, en tant que bourgeois, reproduit les codes sociaux traditionnels, il n'a ni imagination ni goût pour l'inventivité. Il répète, énumère, obéit. La seule tension existante est celle-là. Il doit obéir à son client, en tout premier lieu, le payeur, et au juge, qui balise ce qui peut se dire et se faire. Le juge distingue les comportements, ceux qui sont acceptables et ceux qui ne le sont pas. Claude Lanthier pense qu'il ne peut plaire à un avocat, encore moins à un juge. Le juge représente la loi. Ses personnages romanesques enfreignent la loi, ils ne songent jamais à autre chose. Un meurtrier impuni, le héros de son roman. L'écrivain a passé les années 1960 à proclamer que le système était pourri. Il se demande s'il le dirait maintenant. Ses contemporains veulent s'intégrer à ce système qui n'a pas changé. Ce soir, il ne songe pas à ses congénères de l'époque, ses camarades, qu'il a fini par combattre autant qu'il le pouvait. L'histoire de ses rivalités est étourdissante. Il a fait le vide autour de lui. Il n'a pas la force de réfléchir, il affronte la justice comme une entité abstraite. Il a été à lui seul la Révolution littéraire. Lorsqu'il se prononce, il est existentiellement celui qui a révolutionné l'histoire littéraire. Le procès détruit l'entièreté de sa situation.

Au palais de justice, il se représente entouré de petits hommes, des lilliputiens. Le juge, qui incarne la loi, ne comprend rien à l'objet du litige.

Claude Lanthier tente d'oublier le temps infini qu'il a fallu pour être en procès. Il a vieilli. Il y est. Le procès le déçoit, un désastre. Il a refusé de parler, il a dit si peu, ne s'est pas exprimé comme il se l'était promis à l'époque où il a décidé d'une action en justice. L'assistance judiciaire lui a présenté Me Vinet. L'écrivain l'a choisi par défaut. Il allait s'en accommoder. Me Vinet aime la littérature, tandis qu'il exècre les livres de son client. Il ne l'a déclaré d'aucune manière. Ni explicitement ni par insinuation. Le silence crie, plus expressif qu'un blâme. Il s'est enthousiasmé lorsque son client a parlé de ses succès et de sa renommée. Il n'a vu aucune nécessité d'aller au-delà de cet argument. Le prestige de la reconnaissance publique correspond aux critères sociaux les plus désirables pour Me Vinet.

Claude Lanthier joue son avenir au palais de justice. Son avocat a le seul mérite d'être ému par le succès, la gloire. La grandeur d'une œuvre reconnue rejaillit sur lui-même, qui recherche l'éloquence, la grande passion de la parole. Me Vinet vibre quand il parle de l'auteur comme d'un créateur, d'un concept, d'une généralité. La réputation de l'auteur est nationale et internationale. Cet aspect intangible reste, sans commune mesure, excessif. L'avocat table là-dessus.

Il y a longtemps déjà que Claude Lanthier imagine recevoir une somme importante de la part de Victor Gill. Son procès est une loterie. Il aura ou n'aura pas un dédommagement. Il a eu l'esprit habité par l'idée de poursuivre l'éditeur, jusqu'à ne pas lâcher, ne jamais oublier. S'il y avait une justice, il serait entendu. Autrefois, l'écrivain caricaturait le système judiciaire, le parodiait. Il a refusé de parler, cela ne s'explique pas. Il ne le justifie pas. Tout est joué d'avance, voilà ce qu'il pense.

Sa confiance en Me Vinet est inexistante, ce qui n'a aucune importance. Il n'écrit plus, il laisse aller, se sent affaissé. Il ne fait plus d'efforts, ne peut pas se ressaisir. Son esprit décomposé le tient vaguement en marge du langage.

S'il le pouvait, il tuerait l'éditeur qui a tué son œuvre. Claude Lanthier est amorphe, il passe de l'état déliquescent au désir meurtrier. Il n'a rien dit, il en sera ainsi jusqu'à la fin. Il désire une attitude semblable, aucune autre. Son avocat fera ce qu'il peut, en d'autres mots, ce sera nul.

Victor Gill entre en contre-interrogatoire. Me Vinet demande l'adresse de la maison, veut préciser les titres de propriété, celle de l'entreprise et des bureaux où l'éditeur reçoit les auteurs. Victor Gill relate la longue histoire des éditions et spécifie les titres de propriété passés et actuels. Il fait des phrases complètes. Sa formation d'homme d'affaires le sert, il a une prestance, une contenance forte, une affabilité désuète, pareil à un citoyen sûr de sa réalité. En mieux, il est du type compassé des hommes affables d'autrefois.

Aussi longtemps que Me Vinet s'intéresse à l'identité de l'éditeur, celui-ci démontre sa supériorité et ses certitudes morales.

Me Vinet est impatient devant l'éditeur. Il prend la parole, il entame son argumentation sur l'éclatante réputation de Claude Lanthier, auteur d'un chef-d'œuvre dont la valeur est universellement reconnue. L'avocat répète, il entend faire passer le message, le noyau dur de son argumentation justifiant le procès. Une œuvre a été détruite par Victor Gill. Si l'œuvre a été détruite, l'écrivain, comme homme, l'a été également. Me Vinet n'hésite pas à confondre l'auteur avec l'œuvre. L'avocat bouge, sa toge tachée est tendue sur son ventre rond. Me Benoist est agacé. L'éditeur est imperturbable. Le procureur de Claude Lanthier affirme qu'il défend un principe, celui de la volonté de l'auteur, seul maître de son œuvre. Le juge David va interrompre Me Vinet, qui doit questionner Victor Gill. L'avocat au discours pompeux ne s'embarrasse pas des faits. Il réclame le droit à l'intégrité du livre tel que le conçoit l'écrivain. Claude Lanthier ne reconnaît pas le livre publié. Me Vinet demande au défendeur s'il a édité le manuscrit, qui a pour titre *Le batailleur*, remis par l'écrivain.

Victor Gill confirme avoir publié le manuscrit remis par Claude Lanthier, il a accepté la totalité des changements apportés à l'œuvre originale. Il spécifie avoir respecté la liberté de l'auteur, l'édition en livre de poche permettant des modifications au texte antérieur. C'est ainsi qu'il a conçu sa nouvelle collection.

L'auteur peut réécrire entièrement son œuvre s'il le désire. Ce que Claude Lanthier a décidé.

Me Vinet demande s'il a discuté avec l'auteur de la version du livre entièrement remaniée. L'éditeur soutient que ce n'est pas son rôle, qu'il n'intervient jamais lorsqu'un auteur chevronné comme Claude Lanthier présente son manuscrit.

L'éditeur dit qu'il est un homme de principes, qu'il honore sa parole. Dans la dernière version, chacun peut reconnaître les personnages, les événements, la langue, le style. L'œuvre littéraire est intacte. Victor Gill a les deux ouvrages en main, le poche et l'original, il lit intégralement des exemples tirés de l'un et de l'autre, comme il l'a fait le jour précédent. Il entend pointer de nouveau les changements apportés à la première édition. Il compare la première page du format poche avec le texte original.

L'avocat s'insurge contre ce mécanisme répétitif. La démonstration par le mot à mot est destinée cette fois à faire valoir le fait que les lecteurs s'y retrouvent. Des changements, il y en a plusieurs centaines, voire des milliers. Victor Gill prend les questionnements de Me Vinet au pied de la lettre. Il entend démontrer que l'auteur a choisi de modifier le texte sans pour autant changer l'histoire. Tout est reconnaissable, il ne s'agit aucunement d'un autre livre. Le roman est identique à lui-même, tout en étant plus élaboré. Le nombre de pages étant augmenté, le nouveau livre de poche est devenu plus substantiel.

L'éditeur tente d'établir un lien avec la validité du contrat. Il a démontré devant Me Benoist comment les clauses du contrat respectent les règles de l'édition. La signature de Claude Lanthier accordait le droit, voire l'obligeait de publier le manuscrit réécrit par l'auteur.

S'il admet qu'un contrat a été signé, Me Vinet stipule qu'à tout moment, l'écrivain peut intervenir afin de rendre la publication conforme à ses intentions. L'œuvre appartient à son auteur, l'éditeur ne peut nier ce qui fait le fondement de la littérature comme art. Jamais un éditeur ne peut s'accaparer, ni s'approprier un objet littéraire, le faire sien, le publier contre la volonté de l'auteur.

Lorsque Claude Lanthier a refusé de reconnaître son roman réécrit pour l'édition de poche, l'éditeur avait l'obligation d'interrompre le processus de publication. L'auteur est constamment, à chaque instant, le maître d'œuvre de l'objet à éditer.

Me Vinet anticipe déjà sa plaidoirie du lendemain. Le juge David demande s'il a d'autres questions pour l'éditeur.

L'avocat Benoist approche son client après le contre-interrogatoire. Victor Gill est furieux. Me Benoist ne l'a jamais vu ainsi. L'homme aux habitudes courtoises et au calme impressionnant hausse la voix, il exige de l'avocat une disponibilité qui n'a pas été prévue. Son irritation est grande. Le tremblement de ses mains accompagne son élocution. Il a le sentiment d'avoir été piégé. L'éditeur n'a pas eu l'occasion d'aborder la signature du contrat. La matière juridique n'a pas été couverte par Me Vinet, qui a improvisé des arguments différents.

L'éditeur s'est longuement préparé avec Me Benoist, pas encore assez. L'interrogatoire l'a ébranlé par une argumentation inédite. Victor Gill doit s'astreindre à des propositions convenues. Il est incapable de répondre à l'improvisation de Me Vinet. C'est un homme d'ordre et d'habitudes, de conventions et de rectitude. Il a été surpris par la question imprévue.

L'avocat assure de sa disponibilité. Cette fois, il suggère une nouvelle avenue, il entend réfuter le dernier argument de Me Vinet, prétendant que l'auteur est le seul maître d'œuvre du processus d'édition.

Me Benoist pense clownesque l'argumentation de Me Vinet.

L'éditeur s'oppose catégoriquement à son avocat. Les arguments doivent impérativement être ceux qu'ils ont élaborés avec art et patience en réponse à la mise en demeure. Autrement, il n'y a pas de logique. Victor Gill ajoute que si la partie adverse a une pensée chaotique, eux-mêmes ont intérêt à conserver un esprit logique.

Le lendemain matin, Me Vinet annonce sa plaidoirie avec les mots suivants : Claude Lanthier est au-dessus des clauses contractuelles et de sa signature, son œuvre l'y autorise.

Me Benoist plaide l'authenticité du contrat et de la signature de l'écrivain.

TROISIÈME PARTIE

Le procès prend fin. Le juge David a entendu la cause et rendra son jugement plus tard. L'éditeur se félicite. Il félicite son avocat qui, selon lui, a été parfait. C'est entendu, l'avocat a été moins parfait que lui-même, un homme qui ne manque pas d'entraînement et de pratique de perfection.

Il vise la perfection. Il aimerait que son avocat accepte ce qui semble être une expression orgueilleuse. Au contraire, il affirme être d'une immense modestie. Il approfondit chaque jour sa recherche de la perfection. Son humilité est constante, s'il en était autrement, il ne s'aimerait pas.

Il réitère les motifs pour lesquels le juge doit lui donner raison en tout et en partie. Victor Gill ne voit pas comment l'objet du procès peut être divisible en parties. Pour une complétude plus exacte, l'unité s'exerce sur la totalité et ne se fractionne pas sans inconvénients moraux. Le litige est d'une simplicité navrante, selon l'expression de l'éditeur.

Claude Lanthier a signé un contrat qu'il n'a pas respecté ou qu'il n'a plus voulu respecter. En substance, l'auteur a demandé à la cour le droit d'abolir le contrat.

Un contrat est un contrat. Où irait-on s'il n'en était pas ainsi ? La société québécoise est une société de droit. Victor Gill connaît ses droits et le droit aussi bien que son avocat. S'il interprète les comportements d'autrui à la manière d'un psychologue, il est avant tout éditeur. Comme éditeur, il vient d'avoir une affaire judiciaire avec l'un de ses auteurs. Les plaidoiries ont eu lieu, le jugement viendra à son heure. Victor Gill est heureux et fatigué. Chaque soir, il range ses documents et sort ses livres de comptabilité. L'esprit comptable le mène vers l'exactitude, la précision.

Où irait-on sans contrats et sans signatures ? Victor Gill a beau dire que sa parole vaut un engagement, les contrats s'avèrent nécessaires avec la majorité des gens. Son auteur ressemble à un personnage de roman, il a élaboré une fiction devant la cour. La vie réelle, ou la réalité vécue, ne relève d'aucune fabulation.

Victor Gill a parlé d'une *coquetterie* de la part de l'auteur qui voulait annuler sa signature au contrat. Sans l'exprimer nommément, frontalement, Claude Lanthier exige que le contrat soit déclaré nul. L'avocat Vinet a cherché toutes les périphrases possibles pour ne pas mentionner leur volonté d'abolir le contrat et la signature de l'auteur. Ferme comme un roc, au comble des certitudes, jouissant d'une maturité au sommet de ses expériences, fort de sa compréhension du monde, de lui-même et des autres, apte à faire face aux vents contraires, l'homme chauve a pris ses distances vis-à-vis de l'écrivain.

L'éditeur est un homme d'affaires avisé.

•

Claude Lanthier n'a pas retenu le mot « coquetterie ». Il s'est ennuyé davantage chaque jour, n'a pas chassé son abattement, n'a pas voulu exercer sa présence d'esprit, cette attention qu'il ne pratique plus devant les autres. Il n'a pu se convaincre qu'il jouait son avenir avec ce procès. Il n'y est pas arrivé. Il a attendu si longtemps, n'a renoncé à aucun moment. Il a paru indifférent, la tête ailleurs durant la semaine d'audience.

Il se sent vidé par la fatigue. Me Vinet a été éloquent, fougueux aussi. Claude Lanthier n'a pas été contrarié par l'attitude de son avocat. L'exaltation, les grands gestes, les superlatifs, les circonvolutions, les interpellations démesurées, des façons d'être si peu semblables aux siennes, ont amplifié le contraste avec le client amorphe et désintéressé. Le jugement va venir. Claude Lanthier croit toujours que les jeux sont déjà faits, que les efforts de son avocat ne changeront pas le verdict. Le procès a eu lieu sans lui. Ce monde lui appartient. Il n'a pas été déconsidéré d'aucune manière, ni comme homme, ni dans sa qualité d'écrivain. Il a été qualifié de génie pour avoir écrit un chef-d'œuvre. Il n'était pas ému quand ces mots-là ont été prononcés devant le juge. Il ne l'est pas davantage ce soir. Claude Lanthier se demande si avoir du génie a une valeur monétaire, si son génie a une valeur marchande.

Sa rage contre Victor Gill a perdu de sa vigueur. Il essaie d'imaginer l'éditeur chez lui, satisfait, confiant à l'égard de la décision finale du juge. Claude Lanthier a présenté une figure absente du début à la fin. Il a perturbé la première matinée par le dévoilement de son identité récente. L'écrivain a répondu de façon laconique aux questions des avocats. S'il avait eu le choix, il en aurait dit davantage sur sa situation actuelle, miséreuse et dégradée. Il aurait amplifié ce qu'il avait raconté à son avocat, aurait fait appel au pathos déchirant. Il s'est égayé à une seule occasion, à un seul moment, quand Victor Gill a repris le commentaire du juge David à propos de son roman. Le magistrat a dit que le nouveau *Batailleur*, double en nombre de pages, est pareil à l'original. L'éditeur l'a répété.

Une cour de justice n'a pas à définir ce qui est littéraire ou ce qui ne l'est pas. Le domaine de la littérature appartient à l'écrivain et à l'éditeur. Un juge n'a pas à confirmer la nature romanesque d'un livre. Ce n'est pas son monde. Cela n'entre pas dans ses attributions, ce n'est pas de son ressort ni de ses compétences.

Victor Gill a saisi au vol les paroles du juge, les a répétées mot pour mot, comme une vérité littéraire. Une absurdité au carré.

L'avocat Vinet n'a d'aucune façon commenté la nature littéraire du *Batailleur*, il a endossé la parole de son client.

Claude Lanthier prend connaissance du jugement. Le juge David récuse davantage les prises de position et les actes de Victor Gill que les siennes. Son éditeur, fermé à toutes les demandes de son auteur, a procédé à la publication, trop rapidement, de façon précipitée. Le texte juridique ne conteste pas la validité du contrat plaidée par l'avocat du défendeur, il la reconnaît. Le contrat signé constitue la loi entre les parties. L'argument principal, la révocation du contrat soutenu par Me Vinet, est rejeté. En revanche, l'éditeur a causé quelques problèmes ou inconvénients par le refus de s'entendre avec son auteur. Un montant minime, voire ridicule, lui est accordé.

Claude Lanthier relit le document de plusieurs pages. Il y trouve une admission capitale. L'éditeur a causé des torts, il a dégradé la situation de son auteur, qui a subi un dommage. La somme accordée est vingt fois moindre que celle demandée.

L'œuvre publiée ne sera pas retirée du marché. Claude Lanthier, qui rejette le livre de poche depuis plus d'une décennie, répète que ce n'est pas son œuvre. Si lui-même a réécrit et remis le manuscrit, il refuse de reconnaître le livre signé de son nom. Cet ouvrage augmenté, doublé en nombre de pages, détruit son roman original.

Le juge David signale avoir lu la publication contestée et y avoir retrouvé le style vivant de l'auteur. Claude Lanthier rage de nouveau contre les prétentions de la cour. Le juge n'a pas à répéter les inepties de son éditeur. Même style, même langue, mêmes autres éléments – les personnages, les événements –, a déclaré Victor Gill.

Claude Lanthier considère que ce livre est un faux, en conséquence de quoi il a refusé la publication.

Me Benoist téléphone à l'éditeur, demande s'il a pris connaissance du jugement. Victor Gill retrouve le verbe, celui qu'il déploie lorsque quelqu'un veut son opinion. Il a lu et relu la dizaine de pages. En partie et en totalité, le juge lui donne raison. Le contrat est valide, il avait le droit de publier le manuscrit. Le jugement confirme son témoignage devant le tribunal, il s'agit du même livre, augmenté en nombre de pages. Le juge David sait lire, tout comme lui, l'éditeur littéraire. Il a la même opinion sur l'art. Plus ou moins de mots, là n'est pas la nature du roman. Les personnages et les événements sont retrouvés, retracés de la première à la dernière page. L'auteur a doublé le nombre de pages, une aubaine pour lui-même et les éditions. Victor Gill se réjouit de penser comme un avocat et comme un juge.

La publication vivra, la cour l'affirme tout comme lui. La victoire capitale réside dans l'approbation du juge David. L'éditeur n'a aucun tort. Me Benoist est du même avis, le jugement est entièrement en leur faveur et ne fait mention d'aucune réserve. Ils ont gain de cause et n'ont rien à se reprocher. L'avocat l'interroge sur le dédommagement minime, néanmoins existant, à payer à Claude Lanthier. L'éditeur y vient justement, à la somme qu'il est tenu de verser à un écrivain désaxé, fourbe et menteur. Le ressentiment, qu'il n'a jamais éprouvé avec autant de violence, s'empare de sa voix. Après lui avoir donné raison, le juge David le condamne. Victor Gill ne l'accepte d'aucune manière. L'avocat pense à son tour qu'il y a là une injustice, une fausse note. S'il est de l'avis de son client, il ajoute que le dédommagement est exécutoire. En conséquence, l'éditeur ne peut s'y soustraire.

Victor Gill réfléchit en parlant à son avocat. Il formule ses pensées sur une feuille annexée au jugement. Il prend des notes, analyse les lignes rédigées, les relit. Une synthèse émerge, compose une vérité inaperçue jusqu'alors. Le juge a erré en droit, il ne peut approuver du même coup la publication du livre et imposer une pénalité. L'homme au teint gris débat de ses nouvelles conclusions avec l'avocat. La conversation se prolonge. Me Benoist parle d'une possibilité d'aller en appel. Le jugement sera révisé et la somme exigée peut être annulée.

L'éditeur en fait une question de justice, de règles et de normes, fidèle à ses principes. Il doit l'emporter, gagner entièrement et totalement de la première à la dernière ligne du jugement final. Il veut avoir raison. Son honneur d'homme l'exige. L'éditeur entend posséder la preuve écrite qu'il est blanchi de toute faute professionnelle, par conséquent, que son adversaire, l'écrivain, cumule l'ensemble des torts. Victor Gill veut gagner, être lavé de tous les soupçons et de toutes les insinuations. Il ne jure que par la clarté.

La victoire doit être éclatante, autrement, cela n'en est pas une. Ses volontés ne sont aucunement satisfaites par le présent document. Il rassemble ses forces psychiques en vue de laver son honneur. Le présent jugement est un affront à son intégrité d'homme civilisé et d'éditeur. Il a agi conformément à la loi. Il en est ainsi pour chacun de ses gestes. Personne ne peut le déposséder de cette certitude. Un écrivain à l'accoutrement débraillé moins qu'un autre, un écrivain psychopathe qui tente d'assassiner son œuvre en la retirant du marché.

La décision prise a été réfléchie, analysée, disséquée par écrit. Victor Gill refuse le jugement. Il ira plus loin. Il faut se disculper, retrouver son entière crédibilité. Personne n'a su qu'il a été mené en procès. Il a réussi à se défendre jusqu'à maintenant, n'a pas eu à débourser la moindre pénalité.

L'homme avance en âge. Il n'accepte pas d'être contredit. Il va se défendre contre ce jugement, contre l'écrivain, miséreux et misérable, contre les errements du juge qui lui donne raison et qui, par le même document, l'oblige à verser une somme au compte d'un malade mental. Il traduit son habituel vocable de psychopathe en langage commun.

L'éditeur résume ainsi, le juge David donne tort à l'auteur, par voie de conséquence, il lui donne raison. Il désire que les juges de la cour d'appel se rangent entièrement de son côté. La pénalité imposée n'a pas lieu d'être. C'est une affaire de logique. Le juge de première instance a erré, redit-il à qui veut l'entendre. Sa décision est prise, il en informe son avocat. La cause sera portée en appel.

Les délais sont importants. Le mémoire d'appel a été confectionné. Par souci de réalisme, comme cela arrive en cour d'appel, l'écrivain a réduit les sommes réclamées.

L'écrivain n'écrit plus. Il n'a pris aucune résolution. Le temps s'écoule. Cela se passe comme un seul jour. Il y a longtemps, au début du procès, il a cru à une méprise. Une fois l'épreuve juridique passée, il serait de retour à la table d'écriture. L'éditeur porte le jugement en appel. L'inachevable interruption se poursuit. Le montant négligeable, voire insignifiant, de quelques milliers de dollars, qui n'a pas été versé, est maintenant contesté par Victor Gill.

Il se passe cinq ans entre le procès et la révision en appel. Le silence assourdissant de l'écriture a tourmenté l'écrivain. Comme le reste, avec les années, cela n'a pas été dramatique. Des pensées lourdes, toutes ressemblantes, naissent et l'étouffent.

Claude Lanthier a décidé de ne pas se présenter le jour où la cause a été entendue, le débat devant avoir lieu entre les avocats. Il s'est abstenu, par fatalisme. Il a reçu le jugement d'appel, par courrier, à son adresse. La même somme dérisoire, presque insignifiante, est accordée, triplée d'un intérêt multiplié par quinze, le nombre d'années entre le début et la fin du procès.

La rage froide de Victor Gill n'a pas d'exutoire. Il n'en souhaite pas. Il est une nouvelle fois victime. Le jugement antérieur imposait une pénalité. L'éditeur s'est rebellé, il a mené l'affaire en cour d'appel, où les juges ont confirmé la pénalité. La conversation avec Me Benoist ne l'apaise pas. Il encaisse le coup, s'y voit contraint. Il morcèle la somme totale en petits versements, l'étale sur autant de mois que la loi le permet. Victor Gill prend des arrangements légaux pour de faibles mensualités.

La victoire morale n'est plus. Cette fois, le jugement d'appel reproche à l'éditeur de ne pas avoir eu recours à l'arbitrage afin de s'entendre avec Claude Lanthier. Selon la cour, rien ne pressait de publier le livre, rien ne justifiait la précipitation, une nouvelle entente entre les parties était possible. La défaite est cuisante, sa réputation autoproclamée d'homme bienveillant et généreux est atteinte.

Victor Gill a livré bataille contre l'écrivain. Il affirme dorénavant avoir exercé son intelligence dans cette affaire touffue, une matière énorme qu'il a fouillée et exposée devant le tribunal.

L'avocat Benoist obtient une nouvelle fonction, une promotion, un saut qualitatif dans sa profession, avec émoluments et avantages idoines. Il a retrouvé sa vie conjugale et familiale, avec femme et enfants. Stabilité et monotonie sont de retour. La famille nucléaire fonde les assises sociales. La propagande des médias s'exerce tous les jours : continuelles publicités, politiques gouvernementales, *how to succeed, to win, to be a winner.*

Me Vinet l'a rêvé, imaginé, entendu. Quelqu'un a dit : « Le voilà, le pitre. »

L'avocat Vinet éprouve la douceur de vivre quand il défend des idées. Un chef-d'œuvre inscrit dans l'histoire demeure intouchable. Personne n'a le droit de réécrire, même partiellement, un roman semblable à celui de Claude Lanthier. Sous le coup d'un égarement inexplicable, l'auteur lui-même a réécrit son œuvre et l'a détruite. Me Vinet affirme que l'éditeur a publié un livre contrefait.

Il revoit des scènes du procès. Il a tenté de hausser le niveau. Il n'a plus été question que de la liberté de l'auteur, de son droit de refuser le contrat. Me Vinet a mis en évidence le chef-d'œuvre, un roman qualifié ainsi par les institutions littéraires.

L'avocat a porté à l'avant-plan l'idée de la grande œuvre à défendre. Il l'a fait avec fougue, grâce à une langue classique et livresque que l'on n'entend plus. Il s'est extasié devant le juge. Il pense à cela avec une joie que personne ne peut lui ravir.

REMERCIEMENTS

L'auteure remercie Claire Aubin, sa première lectrice, pour l'ensemble de ses commentaires et André Gervais pour des recherches particulières.

BIBLIOGRAPHIE

« L'Échantillon » dans *La Nef des sorcières*, théâtre, Les Quinze éditeur, 1976 ; Typo, 1992 ; Typo, 2014.

Bloody Mary, poésie, Les Herbes rouges, no 45, 1977 ; l'Hexagone, coll. « Typo », 1991 ; Typo, 2011.

Une voix pour Odile, récits, Les Herbes rouges, 1978.

Vertiges, poésie, Les Herbes rouges, no 71, 1979.

Nécessairement putain, poésie, Les Herbes rouges, no 82, 1980.

Nous parlerons comme on écrit, roman, Les Herbes rouges, 1982.

Intérieurs, poésie, Les Herbes rouges, no 125, 1984.

Transit, théâtre, Les Herbes rouges, no 129, 1984.

Entre raison et déraison, essais, Les Herbes rouges, 1987.

L'homme qui peignait Staline, récits, Les Herbes rouges, 1989.

Étrangeté, l'étreinte, poésie, l'Hexagone, 1992.

La Fiction de l'ange, poésie, Trois, 1992.

Journal pour mémoire, journal littéraire, l'Hexagone, 1993.

Laurence, roman, Les Herbes rouges, 1996.

Une mouche au fond de l'œil, poésie, Les Herbes rouges, 1998.

Anthologie des grands poèmes de la poésie québécoise, en collaboration avec Joseph Bonenfant et Alain Horic, l'Hexagone, 1999.

Manifeste d'écrivaines pour le 21e siècle, Trois, 1999.

Huis clos entre jeunes filles, roman, Les Herbes rouges, 2000.

Les apparatchiks vont à la mer Noire, roman, Boréal, 2004.

Une belle éducation, roman, Boréal, 2006.

Écrits au noir, essais, Remue-ménage, 2009.

La femme du stalinien, roman, La Pleine Lune, 2010.

La nuit de la muette, poésie, Les Écrits des Forges, 2010.

Hôtel des quatre chemins, roman, La Pleine Lune, 2011.

La Zone grise, récit, La Pleine Lune, 2013.

L'été sans erreur, poésie, l'Hexagone, 2014.

Louky Bersianik, entretiens avec France Théoret, Remue-ménage, 2014.

Va et nous venge, roman, Leméac, 2015.

Cruauté du jeu, poésie, Les Écrits des forges, 2017.

AUX ÉDITIONS LA PEUPLADE

FICTION

BOUCHARD, Mylène, *Ma guerre sera avec toi*, 2006
BOUCHARD, Mylène, *La garçonnière*, 2013
(1ère édition, 2009)
BOUCHARD, Mylène, *Ciel mon mari*, 2013
BOUCHARD, Mylène, *L'imparfaite amitié*, 2017
BOUCHARD, Sophie, *Cookie*, 2008
BOUCHARD, Sophie, *Les bouteilles*, 2010
BOUCHET, David, *Soleil*, 2015
CANTY, Daniel, *Wigrum*, 2011
CARON, Jean-François, *Nos échoueries*, 2010
CARON, Jean-François, *Rose Brouillard, le film*, 2012
CARON, Jean-François, *De bois debout*, 2017
DESCHÊNES, Marjolaine, *Fleurs au fusil*, 2013
DROUIN, Marisol, *Quai 31*, 2011
LAVERDURE, Bertrand, *Bureau universel des copyrights*, 2011
LAVERDURE, Bertrand, *La chambre Neptune*, 2016
LEBLANC, Suzanne, *La maison à penser de P.*, 2010
LÉVEILLÉ-TRUDEL, Juliana, *Nirliit*, 2015
MARCOUX-CHABOT, Gabriel, *La Scouine*, 2018

MC CABE, Alexandre, *Chez la Reine*, 2014
MC CABE, Alexandre, *Une vie neuve*, 2017
NASRALLAH, Dimitri, *Niko*, 2018
THÉORET, France, *Les querelleurs*, 2018
VERREAULT, Mélissa, *Voyage léger*, 2011
VERREAULT, Mélissa, *Point d'équilibre*, 2012
VERREAULT, Mélissa, *L'angoisse du poisson rouge*, 2014
VERREAULT, Mélissa, *Les voies de la disparition*, 2016
VILLENEUVE, Mathieu, *Borealium tremens*, 2017

FICTIONS DU NORD

GYRÐIR, Elíasson, *Les excursions de l'écureuil*, 2018
KORNELIUSSEN, Niviaq, *Homo sapienne*, 2018

POÉSIE

BERNIER, Mélina, *Amour debout*, 2012
CARON, Jean-François, *Des champs de mandragores*, 2006
DAWSON, Nicholas, *La déposition des chemins*, 2010
DULUDE, Sébastien, *ouvert l'hiver*, 2015
DUMAS, Simon, *La chute fut lente interminable puis terminée*, 2008
GAUDET-LABINE, Isabelle, *Mue*, 2011
GAUDET-LABINE, Isabelle, *Pangée*, 2014

GAUDET-LABINE, Isabelle, *Nous rêvions de robots*, 2017
GILL, Marie-Andrée, *Béante*, 2015 (1ère édition, 2012)
GILL, Marie-Andrée, *Frayer*, 2015
GRAVEL-RENAUD, Geneviève, *Ce qui est là derrière*, 2012
LÉVESQUE, Aimée, *Tu me places les yeux*, 2017
LUSSIER, Alexis, *Les bestiaires*, 2007
NEVEU, Chantal, *mentale*, 2008
NEVEU, Chantal, *coït*, 2010
NEVEU, Chantal, *La vie radieuse*, 2016
OUELLET TREMBLAY, Laurance, *Était une bête*, 2015 (1ère édition, 2010)
OUELLET TREMBLAY, Laurance, *salut Loup !*, 2014
PARENT, Anne Martine, *Je ne suis pas celle que vous croyez*, 2016
POMERLEAU-CLOUTIER, Noémie, *Brasser le varech*, 2017
SAGALANE, Charles, *29carnet des indes*, 2006
SAGALANE, Charles, *68cabinet de curiosités*, 2009
SAGALANE, Charles, *51antichambre de la galerie des peintres*, 2011
SAGALANE, Charles, *47atelier des saveurs*, 2013
SAGALANE, Charles, *73armoire aux costumes*, 2016
TURCOT, François, *miniatures en pays perdu*, 2006
TURCOT, François, *Derrière les forêts*, 2008
TURCOT, François, *Cette maison n'est pas la mienne*, 2009
TURCOT, François, *Mon dinosaure*, 2013
TURCOT, Simon Philippe, *Renard*, 2015

ESSAI

FAHMI, Mustapha, *La leçon de Rosalinde*, 2018

RÉCIT

APOSTOLIDES, Marianne, *Voluptés*, 2015

CANTY, Daniel, *Les États-Unis du vent*, 2014

DROUIN, Marisol, *Je ne sais pas penser ma mort*, 2017

KAWCZAK, PAUL, *Un long soir*, 2017

LA CHANCE, Michaël, *Épisodies*, 2014

LAVOIE, Frédérick, *Allers simples : Aventures journalistiques en Post-Soviétie*, 2012

LAVOIE, Frédérick, *Ukraine à fragmentation*, 2015

LAVOIE, Frédérick, *Avant l'après : voyages à Cuba avec George Orwell*, 2018

OUELLET TREMBLAY, Laurance, *Henri de ses décors*, 2018

VOYER-LÉGER, Catherine, *Prendre corps*, 2018

HORS SÉRIE

DUCHARME, Thierry, *Camera lucida : entretien avec Hugo Latulippe*, 2009

GAGNON-BERGERON, Sophie, Simon Philippe TURCOT, *Le Festin de Mathilde*, 2017

INKEL, Stéphane, *Le paradoxe de l'écrivain : entretien avec Hervé Bouchard*, 2008

La Peuplade a été fondée
par Mylène Bouchard
& Simon Philippe Turcot

Design graphique et mise en page
Atelier Mille Mille

Direction littéraire
Mylène Bouchard

Édition
Mylène Bouchard
& Paul Kawczak

Révision linguistique
Luba Markovskaia

Correction d'épreuves
Vicky Gauthier

Œuvre en couverture
Mariery Young

Les querelleurs a été mis en page
en Lyon, caractère dessiné par Kai Bernau
en 2009 et en Din Next, caractère dessiné
par Akira Kobayashi en 2009.

Achevé d'imprimer en France
par CPI en juin 2018.

No. d'impression : 2036950